光文社文庫

長編推理小説

三毛猫ホームズの黄昏《たそがれ》ホテル

新装版

赤川次郎

KOBUNSHA

光　文　社

目次

プロローグ

白い、小さな手が、滑《なめ》らかな鍵盤の上を波打つように動くと、真珠の珠《たま》のような音がきれいに連《つら》なって、紡《つむ》ぎ出されて来る。

その音は、高い天井まで楽々と伸び上がって、それから透明な煙のように四方へ広がって行き、やがて壁伝いに這《は》い下りて来るのだった。

その壁際には、ソファで満足気に寛《くつろ》いでいる、白髪の老紳士。手にしたパイプを、どこかへ置きたいのだが、手近なところにテーブルがなくて、仕方なく、持ったままで、ピアノの演奏に聞き惚《ほ》れている。

――このサロンは、日本間でいえばほぼ四十畳ほどの広さがあって、天井は優に普通の二階分の高さ。

床から、壁、天井まで板張りで、天井には、ちょっと目をみはるほどの太さのはりが通っていた。そこから下がったシャンデリアも、手作りの感触豊かな、ボヘミアングラスの古びた印象。

このホテルの創業は、すでに六十年以上前のことで、むろん後から後から、廊下でつなぎ、新しい棟も建て増しされたのだが、このサロンを含めた中心部は最も古く、創業以来、内装なども基本的に変わっていない。

設備は順次新しくなり、エレベーターも取り付けられているが、荷物のよほど多い客は別として、たいていの人は、まるでヨーロッパ映画の、貴族の館《やかた》にあるような幅の広い階段を上り下りする。

このホテルでは、階段もまた「サロン」の一部なのである。事実、このサロンの入口は、階段の踊り場の下をくぐって、奥の正面に開いている。

今、ディナーのために盛装した若い女性が一人、階段を下りて来て、最後の段から足を下ろしたところで、サロンから流れて来るピアノの調べに耳を奪われ、そのままの格好でしばし動きを止めた。

何て美しい音……。

その女性は、木の床に靴音がどうしても響くのを気にしながら、そっとサロンの入口を入って行った。

中はカーペットが敷かれているので、ホッとする。でも、ホッとしたせいで、傍《かたわ》らの置物につまずいて、音をたててしまった。

サロンに集まっていた人たちが一斉に彼女の方へ、非難の眼差《まなざ》しを向ける。彼女は真っ赤になって、顔を伏せた。それで詫《わ》びたつもりである。

しかし——ピアノを弾《ひ》いている当人は、一向に彼女のたてた物音など気にしていない様子で、楽々と、かつ楽しげに旋律を生み出していた。

彼女は、もうどこにもぶつかったりしないように用心しながら、カーペットの花の模様に沿って、そっと移動して行った。

サロンの空間がたっぷりしているせいか、ピアノの音ものびのびと羽を広げ、豊かな響きの中で呼び交わしているようだ。

広さの割りには、ソファの数も控え目で、ピアノを聞いている人の数は七、八人。それでもソファはほぼ一杯で、彼女は立って聞いていこうと思っていた。

ふと、誰かが彼女の方へ顔を向ける。——同年輩の若い男で、確かこのホテルへ来る途中、小さなレストランで食事をとった時、少し離れたテーブルにいたはずだ。

その男性が、少し詰めて、ソファに一人分の空《あ》きを作り、「どうぞ」と、手振りで示している。

彼女は迷った。そこへ行くには、どうしても、三人がけのソファの前を横切らなければならず、またいやな目で見られそうな気がしたからだ。

しかし、その男性は同じ身振りをくり返しているし、それを断わるのも却《かえ》って悪いような気がした。——なに、多少いやな顔をされても、別に親しい仲でもないのだ。

思い切って、彼女は、自分のために空けてくれた席へと歩いて行き、腰をおろした。途中、目の前を遮《さえぎ》られた人たちがどんな表情を見せたかは、気にしないことにした。

どうも、と無言でその男性に会釈《えしやく》する。もちろん、今はおしゃべりする時間ではない。

ピアノの演奏は、ますます華やかさを加えていた。――彼女の位置からは、広いガラス窓の向こうの紅葉した木々を背景に、いかにも晩秋の気配にふさわしく、哀切な調べを奏でる少女の横顔を、見ることができた。

驚くほどに若い子だ――いや、むしろ幼いと言った方が当たっているだろう。
十二、三歳にしか見えない。白の、決しておかしくはないが、かなり華《はな》やかなドレスを着て、フワリと広がった袖口から覗《のぞ》く手首は、どうしてあんな音をピアノから引き出せるのかと不思議に思えるほど、細くて、きゃしゃに見えた。彼女も少しピアノをやったことがあるが、時に床を鳴らすほどの力強い響きは、彼女がどんなに力をこめてキーを叩いても、打ち出すことのできないインパクトを持っている。
この子は誰なんだろう？　――今日、このホテルへ着いたばかりの（それも、つい二時間ほど前に）彼女には、知りようもないことだった。

それでも、この少女が、ただ単に「ちょっとお稽古ごとで器用にやれる」という範囲におさまる腕前でないことは、よく分かる。立派な演奏。そして、強弱を自在に操る力を、確かに持った少女である。

曲がいくつかの和音で終わると、居合わせた人々は一斉に拍手をした。七、八人では万雷の拍手とはいかないが、拍手の音もよく響くので、かなり盛んな拍手、と聞こえた。

少女は、立ち上がって、少し照れくさそうに頭を下げ、その瞬間には、どこにでもいる、小さな女の子に戻っていた。

少女が、パイプを手にした老人の方へ目を向けた。——孫なのかしら、と彼女は思った。

老人が、大きく肯《うなず》いて見せる。もちろん、その前に人一倍長く、拍手をしているのである。

少女は、もう一度ピアノの前の椅子に腰をおろして、裾の広がったスカートを手で直した。

それから、今度はもっとテンポの速い曲を弾き始める。——目まぐるしい速さで踊る指を見ていると、目が回りそうな勢いだった。

きっと、相当な修練を積んで、やっと弾きこなせるものなのだろうが、少なくとも、少女の楽しげな表情には、いささかも、そんな苦心の跡は見てとれなかった。

弾くにつれ、テンポがどんどん速くなって行くようで、彼女も思わず息をつめて聞き入っていたが——。

突然、曲は途切れた。少女が、短い悲鳴を上げて、パッと手を上げたのだった。

何があったのか、誰も分からなかった。少女が右手をおさえて、ピアノの前から離れる。

——彼女は、少女の白い指先から、血が滴《したた》り落ちるのを見た。

あの老人が、パイプを投げ出して、少女へ駆け寄る。他のみんなもソファから立ち上がりはしたものの、どうしたものか、戸惑っている様子だった。

彼女は、ほとんど自分でもよく分からないうちに、ピアノの方へと歩み寄っていた。

大分使い込んだ印象のグランドピアノ。その鍵盤の一箇所に、血が飛んでいた。――一体、何事が起こったのだろう？

顔を近付けてみて、やっと分かった。白いキーの間から、ほんの数ミリだが、針のようなものが突き出している。あれが少女の指を刺したのだ。

何だろう？　ピアノの部品の何かが、顔を覗かせたのだろうか？

驚きの声が上がった。振り向くと、あの少女が床に倒れている。老人が、あわてて抱き起こしたが――。

彼女は、少女の顔が苦悶に歪《ゆが》むのを見て、青ざめた。これはただごとではない！　単に指を刺しただけで、あんなふうに……。

少女がか細い悲鳴を上げた。老人の胸に必死ですがりつくように……。そして、少女の体から、一気に力が抜けた。

――誰もが、あまりに突然の出来事に、呆然と立ちすくんで、人を呼ぶことさえ、考えつかない様子だった。

しかし、彼女は、直感的に悟《さと》っていた。あの少女は死んだのだ。なぜか、理由は分からないし、きわめて奇妙なことだが、死んだのである。

やっと、あの若い男性がサロンを飛び出して行って、大声でホテルの人間を呼んだ。

一体、何が起こったのだろう？　あんなにも突然に——。

そして、居合わせた他の人々から少し離れて立っていた彼女は、ふとある一人の人間の顔に目を止めた。彼女に見られているとは全く気付いていない、その人物は、ごくわずかではあるが、口もとに笑みを浮かべたのだ。

それは、会心の微笑、何かをなしとげたという喜びの微笑だった。

そこへ、場違いな声が割って入った。

「お食事のご用意ができております！」

——サロンは、静かだった。

第一章　予　約

1

「今年の暮れは？」

後ろの座席から、その質問が飛んで来た時、船田悠二《ふなだゆうじ》は、運転に気をとられて、聞こえなかったふりをした。

もちろん、助手席に座っている妻の明美《あけみ》はちゃんと聞いていたし、夫に聞こえていることも分かっていたので、チラッと皮肉な視線を向けて来る。それでも船田は、聞こえなかったふりをするべく、じっと夜道の運転に没入しているところを、少し強調して見せていた。

しかし、後ろの座席には、食いついたら決して離れない、スッポン並みの執念の持ち主が二匹も——いや二人も揃っていたのだ。

「ねえ、パパ、どこに行くの？」

と、十歳になる収《おさむ》が運転席のヘッドレストに両手をかけて、言った。

「マアちゃんとこはね、ハワイだって」

と、言ったのは、妹のルミ、八歳である。

「太田んとこはニュージーランドだぜ」

と、兄貴が言う。「凄《すご》く遠いんだ。カンガルーとかコアラがいるんだぞ」

「コアラ、見たい！」

と、ルミが甲高《かんだか》い声を上げた。

とてもじゃないが、聞こえないふりは、通用しそうになかった。

「カンガルーはオーストラリアでしょ」

と、明美が言った。「ね、あなた。オーストリアだっけ？　オーストラリア。オーストリア。いつも、ごっちゃになっちゃう」

「オーストリアはヨーロッパだ」

と、船田悠二は言った。「仕事の都合がある。もう少ししないと、予定が立たないんだ」

「でも、もうどこも一杯だってよ」

と、収が分かったような口をきく。「コネがあっても、むずかしいって」

やれやれ……。

船田は、チラッと妻の明美の方へ目をやったが、今度は明美が知らん顔をしている。

畜生！　俺が必死で資金ぐりに駆け回っているのを分かってるくせに。会社が潰《つぶ》れちまったら、暮れはどこへ行く、どころの話じゃない。永久に、行く所がなくなるかもしれないんだぞ！

しかし、明美や収、ルミに向かって、そうは言えなかった。彼らには——というより、妻には。だが——会社は問題なくうまくいっていることになっているのだから。

「私、コアラがいい」

と、ルミはこだわっている。

オーストラリア？　ニュージーランド？

冗談じゃないぜ、全《まつた》く！　どこを叩いたって、そんな金は出て来やしない。

このベンツの代金だって、まだ払い終わっていないのだ。まあ、何とか払えるだろうが……。

「そうだわ」

と、明美がハンドバッグを開けた。「こんな手紙が来てたわよ」

「手紙？」

信号が赤になって、船田はサイドブレーキを引いた。「どこから？」

「〈ホテル金倉〉。金倉正三郎《かねくらしょうざぶろう》。——憶《おぼ》えてる？」

「〈ホテル金倉〉？」

船田は、思わず訊《き》き返していた。「もちろん、憶えてるさ。しかし――まだ開いてたのか、あのホテル？」

「らしいわね」

と、明美は肯いた。「あけてみる？」

「ああ、読んでみろよ」

「パパ。信号、青だよ」

と、収が言った。

「分かってる」

船田はサイドブレーキを外して、車を走らせた。

船田は、妻子を連れて、長いこと伏せっている父親を見舞って来たところである。父親は七十五歳、倒れてから半年、今はもうほとんど寝たきりの状態になっていた。

もちろん、船田としては父親の身が心配でないわけではない。長生きしてほしいとも願っているが、一方で……。大きな声じゃ言えないまでも、今、父が死んだら、その遺産は大部分船田のものになるわけで、そうなると、今の窮状《きゅうじょう》を一挙に抜け出せるのだ。

いや、だからといって、父親が死ねばいいと思っているわけではなくて……。ただ、結果としてそうなった時のことを、想像するぐらい、構わないじゃないか。そうだろ？

それはともかく――。

「達筆ね。上手すぎて読みにくいこと」

と、明美が顔をしかめる。

明美自身は、およそ「達筆」とは縁のない人間（?）なのである。

「ええと……。〈永らくご愛顧をたまわりましたが、この度、閉館いたすこととなりました〉ですって」

「何だ。閉館の挨拶《あいさつ》か」

それにしても、何で俺の所なんかに、と船田は思った。行ったのは一度きりだし、しかも十年以上も前のことだ。

そう……。この明美とのハネムーンだった。あの「事件」のおかげで、忘れられない旅にはなったが……。

しかし、あのころの明美は可愛《かわい》かったんだがな、実際、と船田は思った。まあ二人も子供を産んだのだから仕方ないとはいえ、腰の辺りなんか、あのころの倍もあるように思える。

いや、あのハネムーンの間、ベッドでの明美は本当に可愛かった……。

船田の回想は、〈ホテル金倉〉そのものとは関係なくなって来ていた。

「あなた、聞いて」

と、明美が言った。「〈――つきましては、閉館に当たり、最後の一週間を、ご愛用下さいました方々にご利用いただきたく……〉。ね、〈無料にてお泊まりいただきます〉ですって」

「無料？」

思わず、船田は明美の方をチラッと見やった。「まさか」

「本当よ。〈すべて無料にて〉って書いてあるわ」

「タダより高いものはない、さ」

と、船田は前方にファミリーレストランの派手なネオンを見付けて、「おい、あそこで食べて行くか」

「うん」

と、ルミが即座に答えた。「私、ハンバーグ定食」

「うまくないよ、あそこ」

と、収はいっぱしのグルメ風の口をきいた。

船田は構わずにベンツを、そのレストランの駐車場へ入れた。こんなレストランが旨くないことぐらい、分かっている。しかし、ともかく安く上がるのだ。一番高いステーキを食べても、二千円ですむ！

「——ふーん」

と、船田はコーヒーを飲みながら、〈金倉正三郎〉からの手紙を読み直していた。

「私、ミルクセーキ」

と、ルミが大いに食欲を発揮して、

「よく食うなあ」

と、兄を呆《あき》れさせている。

「私、ケーキを食べるわ。ちょっと！」

母親の方も負けていない。

「――確かにタダなのか」

と、船田は、手紙を封筒へしまいながら、「食事も、〈充分ご満足いただけるようにいたします〉ってなってるしな」

「ね？　悪くないじゃない」

「そうだな……」

だが、不思議だった。十年以上も前に一度泊まったきりの俺たちに、なぜ招待状が来るんだ？　――ま、あのホテルのオーナーは、一風変わった老人だった。最後に精一杯サービスしよう、と思ったからって、別にこっちが文句を言うこともあるまいが。

「〈ご家族でおいで下さい〉ともあるじゃない」

明美は、しっかり手紙の内容をつかんでいるのである。「向こうがそう言ってくれてるのよ。遠慮することないわ」

「そうだな」

と、船田は肯いた。「じゃ、四人で行くか」

「ねえ、どこに行くの？」

と、ルミが訊いた。「コアラのいるとこ？」

「コアラはこの次にしよう」

と、船田は言って、ちょうど通りかかったウェイトレスへ、「君、コーヒーのおかわりを」

と、声をかけた。

コーヒーはおかわり自由なのだ。もっとも、その代わり、お湯みたいに薄いコーヒーだが、それでも、一杯でやめちゃもったいない！

ベンツに乗っている若手社長にしては、少々ケチくさいな、と、我ながら思わずにはいられなかった……。

2

「片山《かたやま》さん！　僕は片山さんを愛してます！　本当です！　心から片山さんを――」

「分かったから、静かにしろよ」

と、片山義太郎《よしたろう》はやり切れない思いで、言い聞かせた。「お前が愛してるのは俺じゃなくて、妹の晴美《はるみ》だろ」

「もちろんです！　だけど、晴美さんだって『片山さん』にゃ違いないでしょ？」

「酔ってるくせに理屈っぽい奴だな」

「僕は晴美さんを愛してる！　晴美さん、万歳！」

「分かったから……」

片山は、空《むな》しい努力を続けていた。

結構寒い夜である。もう十一月の終わりだから、寒くて当然ではあるだろう。

しかし、目黒《めぐろ》署所属の刑事、石津《いしづ》はあまり寒さを感じていない様子だった。アルコールで、内側からあったまっているのである。

しかし付き合っている片山の方は、まるきりアルコールはだめなので、寒い風が身にしみるのだった。

片山義太郎が、警視庁捜査一課の並みの刑事で、妹晴美、三毛猫のホームズと同居していることは、ご承知であろうが、「女性軍」二人は後ほど紹介することとして……。

「いやあ、片山さん――」

やっと、石津の声は普通の（それでも並みの人間より大きい）レベルに戻った。「僕は幸せです。片山さんや、晴美さんという、すばらしい人と知り合えただけでも……。僕の人生が、片山さんたちのおかげで、どんなに豊かなものになったか……」

「そりゃどうも」

と、片山は言ってやった。「話はいいから、もうちょっと急いで歩いてくれ」

「そうだ！　ホームズさん！　忘れちゃいませんよ、ホームズさん。猫アレルギーの僕も、あなたにはいちころです。お世辞でなく、あなたこそ世界一の猫——」

「いない所で賞《ほ》めてもしようがないぜ。——もう少し行ったらタクシーを拾える」

「いやあ、僕は幸せだ！」

と、石津がまたとてつもない大声を出す。

「おい！　みんなもう寝てる時間なんだからな」

と、片山はあわてて言った。

「なに、大丈夫！　これぐらいの声で、目を覚ましゃしません」

「お前はそうかもしれないけどな——」

住宅の並んだ、静かな通りに来てしまったので、余計に気が気ではない。少し行くと、夜中でも車の多い広い道へ出るのである。

「ともかく、怒鳴《どな》られないうちに、早く行こう」

と、石津を押してやろうとするのだが、一向に足取りは早くならない。

「大丈夫です。大丈夫。僕が保証します！」

「お前が保証したって、しようがないだろ」

「誰か……」

と、女の声がした。

「ほらみろ。やかましいってさ」

「誰か……助けて」

「助けて、って言ってるじゃないか。だから俺が――」

片山は、言葉を切った。「助けて、だって？」

「殺される……」

フラッと――暗がりの中から女が現われた。

片山は飛び上がらんばかりにびっくりした。女は、白いネグリジェ姿で、裸足《はだし》のまま、髪が風で乱れている。

「どうしたんです？」

と、片山が呼びかけたのも聞こえない様子で、女は、よろけつつ歩いて来ると、クルッと背を向けた。

片山は凍《こお》りついたように立ちすくんだ。石津もまあ、何といっても刑事である。たちまち酔いはふっ飛んでしまったようだ。

女の背中に、刃物の柄がグロテスクに突き出していたのだ。そしてネグリジェの背中は、血に染まって、足を伝い落ちた血が、道に黒々と足跡を残させている。

よく歩いて来たものだ。――やっと片山は刑事としての立場に戻って、

「おい、石津！　目の前の家を叩《たた》き起こせ！　救急車だ！」

片山の声がまるで操り人形の糸を切ったかのようで、女がその場に崩れるように突っ伏した。

「待て。――待ってろ」

片山は、女の上にかがみ込んで、手首を取った。――もう脈はない。

「畜生……」

「死んだんですか」

と、石津は言った。「じゃ、誰か刺した奴が……」

背中を自分で刺すことはできない。しかも、傷は新しいはずだ。

「おい」

と、片山はこわばった声で言った。「今、この女が出て来たのは？」

「たぶん……そこの家ですね」

当たり前の建売住宅。――暗いのでよく見えていなかったのだが、慣れると、玄関のドアが半ば開いたままになっているのが分かる。

「犯人はまだ……」

「中にいるかもしれないぞ」

片山は、大きく深呼吸した。――もちろん怖いが、これが役目と思えば、仕方がない。

「石津。拳銃持ってるか」

「はあ」

「気を付けて行こう」

片山も拳銃は持っていた。めったに抜くものじゃないが、いざこうして手に握って、その重みを感じると、全身が引きしまる思いがする。

「片山さん……。出口はここだけですかね」

と、玄関の近くまで来て、石津は言った。

「分からないな。——お前、表で待ってろ。二人で中へ入って、もし、犯人が窓からでも逃げたらまずい」

「そうですね。でも——」

「何だ？」

「危ないですよ、片山さん。中、真っ暗だし、いきなりグサッと……」

「しようがないだろ、刑事なんだから」

「いえ、それはいけません」

と、石津は首を振って、「片山さんに万一のことがあったら、晴美さんがどんなに悲しむか。——ここは僕が中へ入ります」

石津の言葉に、片山は胸を打たれた。こんなことは初めてだ！

「お前の気持ちはありがたいけどな」

と、片山は言った。「晴美は俺がいなくてもやっていけるさ。それに、俺が晴美の奴と結婚するわけにもいかないんだ。ここはやっぱり俺が行くべきだよ」

「でも——」

と、石津は言いかけたが、少し考えて、「それもそうですね。じゃ、行ってらっしゃい」

片山は、少々がっかりし、ホッともしていた。石津が、あんまり英雄的になるのも、何だか妙なものだ……。

石津を少し退《さ》がらせて、片山は頭を低くしながら、玄関へと入って行った。

明かりのスイッチが、青く光っている。左手を伸ばしてカチッと押すと、玄関に光が溢《あふ》れ、少し気が落ちつく。

足下へ目をやると、あの女性が通ったせいだろう、点々と血が落ちている。ゾッとして身震いが出た。

「誰かいるのか」

と、片山は呼びかけた。「警察だ。——素直に出てこい。表も固めてるぞ」

一人で固めているわけだが、まあ嘘ではない。しかし、当然のことながら、と言うべきか、返事はなかった。

片山は上がってみることにした。——石津の言う通り、狭い家の中、どこで刃物を構えてひそんでいるか、分かったものではないが、怖がっていても安全になるわけじゃないのだ。

ドアが一つ開いたままになっている。——あれは罠《わな》かな？

しかし、片山とて何年間もの刑事生活を送って来ているのだ。こんな時、刑事も怖いが、犯人の方はもっと怖がって、震えているものなのである。

そのドアから入り、明かりを点《つ》けると、せいぜい六畳間ほどの広さしかない居間。ソファセットで一杯という感じである。

ソファの上に、赤黒い血痕が広がっている。この上で刺されたのだろう。

そして、あの女性は、最後の力をふり絞《しぼ》って、玄関から表に出ると、助けを求めた。

片山の胸に怒りが燃えた。女性の背中を一突きにするなんて……。争ったはずみとは思えない。現に、居間の中には、少しも、物が壊れた様子などないのである。

いきなり刺されたのだろう。——強盗か？　それにしては、中が荒らされていないが。刺してしまったので、泡を食って逃げ出したのか。

ともかく、慎重に家の中を調べなくては。

まず台所……。

「片山さん」

と、玄関から石津の声がした。「大丈夫ですか？」

「まだ刺されちゃいないよ」

と、片山は答えた。「ちゃんと表で待って——」

突然、どこかでガラスの割れる音がした。

「石津！」

と、片山は怒鳴った。「表を見ろ！」

「はい！」

と、石津の返事があって「ワッ！」

「どうした！」

やられたのか？　片山は玄関へ飛び出した。石津が前のめりに倒れて、もがいている。

「石津！　やられたのか！」

と、駆けつけると、

「いえ——つまずいて転んだだけです」

片山はホッとした。腹を立てるのは、後にしよう。

と——人影がタタッと道へ駆け出して行く。その後ろ姿がチラッと目に入った。

「逃げたぞ！」

片山は駆け出し、石津もあわてて起き上がると、片山の後を追った。

ゴーッと、低く地を這うような音がした。トラックだ。十トン以上あるだろう。大分離れていても、見上げるような高さのトラックが近付いて来た。

その強いライトが正面から光を投げて来て、片山は思わず足を止めた。

その光の中に、逃げて行く男のシルエットがくっきりと浮かんだ。その男はトラックの前を横切った。

クラクションが鳴る。そしてトラックは片山の方へ、のしかかるばかりの勢いで、迫って来た。クラクションがさらに鳴り、ブレーキがきしむ。

「――危ないですよ!」

石津が片山の腕をつかんで、引っ張った。

片山もハッと我に返った。――トラックが一メートルもない、直前で停止する。

「何やってるんだ!」

と、運転手の声が、頭上から降って来た。「ひいちまうとこだぞ!」

「片山さん……」

「追いかけるんだ!」

片山は気を取り直して、駆け出した。石津は、窓から顔を出している運転手へ、

「警察だ! 犯人を追跡中なんだ」

と、大声で言った、「そこに被害者が倒れてる!」

それだけ言って、石津も片山を追って走って行ったが……。

片山は、息を弾《はず》ませながら足を止めた。

どこにも、あの男の姿は見付けられなかった。――逃げられたのだ。

「片山さん!」

「だめだ。逃げちまった」

と、首を振って、「連絡してくれ。俺はあの家へ戻ってみる」

「分かりました」

石津が駆け戻って行くと、片山は人気のない、静かな道を見渡した。

あの男……。シルエットだけでしか見なかった男。

強盗には見えなかった。はっきりとは言えないが、シルエットになって浮かんだ時、片山は男がコートをはおって、その下は背広姿だという印象を受けたのだった。

そして——じっと思い出そうと努力してみると、何となく見えて来る。

あの体型。そして髪型。見えたようでいて、見えていない、その苛立《いらだ》ち。

「そうか」

あのトラックの運転手には、ライトを浴びた男がはっきり見えたはずだ。

片山は、まだ停まったままの、あの大きなトラックへと、大股に歩き出した……。

3

弓子《ゆみこ》は疲れていた。相沢《あいざわ》弓子は。

「社交疲れ」とでも言うのだろうか。もともとが、人見知りをする方で、ろくに知りもしな

い人間を相手に、愛想をふりまくことが大の苦手である。

人見知り、といっても——七つや八つの子供ならともかく、三十三にもなって、と笑われ
そうだが、人間、大人になっても変われる部分と変われない部分とがある。

「奥様」

と、若いメイドが声をかけて来る。

「なに?」

「デザートはどういたしましょうか。そろそろお出ししてよろしいですか」

言われたことは、ちゃんとやる子なのだが、自分で判断するということを全くしない。弓
子は、苛立って、そんなこと、自分で考えてやりなさいよ!　——そう怒鳴りたくなるのだ。
しかし、もちろん実際には、微笑《ほほえ》んで見せて、

「そうね。じゃ、もう用意してちょうだい。悪いわね」

と、メイドのご機嫌をうかがってしまう。

仕方ない。これは性格というものだし、もしも、自分が逆の立場だったら、やはり必ず指
示を受けてからでなければ、水の一つも、出さないに違いない。

今日の客たちは、大分長居しそうだ、と弓子は思った。もう夜十時になろうとしていると
いうのに、やっとディナーがすんだところ。二十人からの客を、いくら来客用のマンション

とはいえ、効率よくもてなすのは、容易なことではない。

イタリア人は陽気で、広間に響きわたるようなテノールの声で話している。スイスのビジネスマンは、いかにも「業務用」の笑顔で、誰にでも接していた。それと——そう、専《もっぱ》ら夫人たちを相手に、楽しげにしゃべっているのはフランスから来た男性である。

言葉は、あれこれ入り混じってもいたが、基本的には英語。弓子も、会話ならこなせるのだから、本当は話の中に入って行くべきだろう。それが、もてなす側の礼儀というものだ……。

分かっていても、弓子にはできなかった。飲み物やら料理やらの仕度で忙しいふりをして、キッチンと広間の間を、往復していたのだ。

広間の入口に立って、弓子は優に三十畳分はある部屋の中を見回した。——大丈夫。うまく行っている。

「——奥様」

と、もう一人のメイドが声をかけて来た。「旦那様からお電話が」

「ありがとう」

弓子は、いやな予感に捉《とら》われながら、キッチンの電話に出た。

「もしもし、あなた？」

「遅れてすまん」

と、相沢肇《はじめ》が言った。「車が混んでいてね。今、車の中からかけてるんだが」

「まだかかりそう？」

「たぶん二十分はかからないと思う。みんなまだ？」

「ええ、これからデザートを――今、お出ししてるところ」

「分かった。もうすぐ行く。すまないね」

「大丈夫よ」

心にもないことを言って、弓子は電話を切った。少しも大丈夫なんかじゃないのに。夫は、会食が始まって早々に急な用事で会社へ駆けつけ、まだ戻らないのである。弓子は胃が縮む思いで、客が不愉快にならないかと、気が気ではなかった。

「――あと、コーヒー、紅茶をおうかがいしてね」

と、弓子は、かなりベテランのメイドに言った。

「かしこまりました」

いつも働きに来てくれているわけではないが、外国人の接待に慣《な》れた人なので、弓子は助かっていた。カクテルやら、料理の好み、肉の焼き具合まで、自分でいちいち訊いていたら、それこそ逃げ出してしまっていたかもしれない。

広間を覗くと、みんな、三つほどのグループに分かれてはいるが、話も弾んでいるようだ。

弓子は、チラッとキッチンの方へ目をやってから、廊下を抜けて、奥の寝室へと入って行った。

このマンションは、夫の会社の持ちもので、外国のビジネスマンをもてなしたり、時にはホテル代わりに泊めたりするのに使っているのだが、広間が並み外れて広いことを除けば、一応、普通のマンションと変わりがないのだ。

もちろん、寝室も広いし、セミダブルのベッドが二つ入れてある。

こんなことしてちゃいけないんだわ、と思いながら、ほんの少しだけ……二、三分だけ……。つい、ベッドに腰をおろし、靴を脱いで、横になってしまう。

急に疲れが鉛《なまり》のようにのしかかって来て、二度と起き上がれないような気さえした。

本当にだめだわ。しっかりしなきゃ。

いくら若いといっても、社長夫人なのだ。まだなりたて、三カ月のホヤホヤだといっても、立場に変わりはない。

弓子は独身のころから、相沢の秘書として、こういうパーティには出ていた。好きではなかったが、仕事と思えば、これほどは疲れないですんだ。それが――今は相沢の「妻」という立場である。

それは決定的な違いだった。相沢と弓子との、二十年の年齢差のように、大きな違いだった……。

もちろん、相沢は逞《たくま》しく、元気で、五十四歳とはとても見えない。しかし、夫の前にいると、弓子は自分がいかにも頼りない子供に思えてしまうのも確かだった。

この暮れ、お正月にかけては、少しは休めるのだろうか？　二人でどこか静かな山の中へでもこもって、ゆっくりと憩《いこ》いたいけれども……。

しかし、相沢はどこにいてもテレックスや国際電話から逃《のが》れられない人間なのである。

――つい、まどろんでいたらしい。

ハッと起き上がると、ドアが開いて、フランス人の男性が立って弓子を眺《なが》めていた。

弓子はあわてて、ベッドから下りた。

「シツレイ……シマシタ」

と、フランス語風の発音で言うので、弓子は、おかしくなって笑ってしまった。

〈すみません、ちょっと疲れてしまって〉

――少しはできるフランス語でそう言うと、相手もホッとした様子で、

〈あなたはとてもお若い〉

と、ゆっくり話してくれる。

〈でも、もう三十三です〉

〈二十歳ぐらいかと思った〉

と、目を丸くしている。

西洋の人は、表情や動作がオーバーで、見ているだけで楽しい。

〈もうすぐ、主人も戻ります〉

〈奥さんがいれば、楽しいですよ〉

ワインで赤くなった頬に、笑うとえくぼができた。たぶん、三十代の半《なか》ば——もしかすると、私と同じくらいの年齢かもしれないわ、と弓子は思った。

〈じゃ、広間の方へ——〉

と、寝室から出ようとした時、弓子は、その男性の力強い手でヒョイとかかえられ、いきなりキスされてしまった。

怒るよりも、当惑し、面食らっていると——。

「失礼」

と、声がした。

相沢が、廊下に立っていたのだ。

フランス人は、あわてて弓子を離すと、ブツブツ口の中で言いながら、急いで広間の方へ行ってしまう。

「あなた……」

弓子は、やっと今、自分が何をされたのか分かって、真っ赤になった。「私——何も——」

「分かってる」

相沢は肯いたが、不機嫌な表情だった。

「あの……少し休んでたの、くたびれてしまって。それで……」

「広間へ行こう」

夫の後について行きながら、弓子は泣き出したいのを、何とかこらえていた……。

——パーティはそのあと三十分ほどで、終わった。

相沢は中座したことを不必要にくどくどとは詫びなかった。みんな一流のビジネスマンばかりだ。忙しいことはお互い承知である。

客を送り出し、空っぽの広間に戻ると、弓子はぐったりとソファに座り込んだ。

じっと目を閉じていると、誰かが隣りに座る。

——もちろん、夫だった。

「何か食べたのか」

「少し……。食欲ないわ」

と、相沢は訊いた。

「体がもたないよ」

「休めば大丈夫」

弓子は、夫の顔をうかがった。「ねえ、あなた——」

「今夜はここに泊まろう」

「え？」

二人のマンションはここではない。ここはあくまでも来客用で、泊まったことはなかった。

「さっきのキスの分を、僕に返してくれる義務があるぞ」

夫の、わざと厳格めかした言い方を聞いて、本気で怒っていないと分かった弓子はホッとした。

「あれはいきなりだったのよ。本当に何も——」

「僕も『いきなり』だ」

と、相沢が弓子を抱き上げた。弓子はあわてて、

「ね、だめ！　メイドさんたちが——」

「帰った」

「帰った？」

「片付けは明日にしてくれ、と言った」

相沢は、弓子をかかえて、寝室へと運んで行く。

「でも——明日の分まで払わなきゃいけないわよ」

「分かってる」

「もったいないわ、高いのに」

「その分は、これからもとを取る」

と言うと、相沢は広いベッドの上に、弓子を投げ出し、上衣を脱いだ。

「――あなた」

暗い寝室の中で、弓子は目を閉じたまま、呼びかけた。ベッドの中にいるはずだ。

いつものように。いつも、弓子を抱いた後は、そのままぐっすりと眠るのである。

弓子は、夫を起こしたかったわけではない。明日、何時に起きればいいのか、訊いておかなかったのを思い出したのである。

「あなた……」

と、もう一度呼んで、目を開けてみる。

ベッドに、夫はいなかった。――ぬくもりがある。今しがたまでいたはずだ。

もしかして、もう朝になってしまったのだろうか？　ドキッとして、ナイトテーブルに組み込まれたデジタル時計を見る。

一時を少し回ったところだった。――寝室には窓がないので、昼か夜かも分からない。

しかし、いくら何でも昼の一時ということはないだろう。

弓子は、ベッドから出ると、ナイトガウンをはおった。来客用なので、大きくて引きずりそうだ。

「あなた……」

居間の方に明かりが点いている。弓子は、廊下を進んで行った。

ソファに、夫が同じガウン姿で座っているのが見えた。何か手紙のようなものを広げて読んでいる。

夫の表情が厳しいのが、気になった。いや、むしろ険《けわ》しいと言った方がいいかもしれない。めったに見ることのない顔つきだった。

膝の上には封筒がのせてある。少し乱暴に封を切った様子だ。

弓子が立っているのに気付いて、相沢はなぜかハッとした様子だった。

「目が覚めたのか」

表情はすぐにやわらいだ。「朝まで寝てても良かったんだ」

「でも、何時に起こすのか、聞いてない」

「そうか。忘れてた」

と、相沢は笑って言った。

「何のお手紙?」

弓子が近付いて行くと、相沢は少し迷いを見せた。ごまかしてしまおうか、という気持ちがあるようだった。

「うん……。ちょっとね」

「何かまずいこと?」

と、弓子は言った。「ラブレターでしょ、昔の女からの」

相沢は笑って弓子の肩を抱いた。

「――〈ホテル金倉〉?」

と、差出人の名を見る。

「うん。なかなか古い、由緒のあるホテルでね。金倉正三郎という人がやっている。もう高齢だろう」

「その人から?」

「前、何度か泊まったことがあるんでね。今度閉館するんだそうだ」

「どうして?」

「当世風じゃないし、もう作り直すのも面倒なんだろう」

と、相沢は言った。「しかし、手づくりの味のあるホテルだ。消えるのは惜《お》しい」

「その挨拶状なの?」

「それと、最後に一週間、長年のなじみ客の方々を、無料でお泊めします、というんだ」

「まあ」

「食事代も一切不要。暮れの休みに、ぜひご家族で、だとさ」

「凄い損じゃない?」

「それをあえてやるところが、あの老人らしいよ」

と、相沢は肯いて言った。「きっと本当に精一杯のもてなしをするつもりだろう」

弓子は、その手紙を手にとって、見ていたが、やがて夫へ返して、

「行くの?」

「どうかな。――君と地中海にでも行こうと思ってる」

「私なら、どこでも同じよ」

弓子は、夫の肩に頭をのせて、「あなたのいる所なら」

「おやおや、そいつは嬉《うれ》しいね」

相沢は弓子にキスして、「――暮れが忙しくて、遠出の予定が立てられなかったら、ここにするかもしれないな」

と、言った。

「構わないわ、アンチックって好きよ」

「そうか。それで僕のことが好きなのか」

弓子は吹き出した。相沢も笑って、

「さ、寝よう」

と、促した。「この手紙、君が持っていてくれるか」

「ええ、いいわ」

弓子は、手紙を封筒へ戻すと、自分のバッグへしまっておいた。

「――明日は何時に起きるの?」

「そうだな。目が覚めた時」

「まさか」

「十時には社へ出たい。八時半ごろ起こしてくれ」

相沢の口調は、多忙なビジネスマンのものになっていた。

「はい」

と、弓子は答えて、「それならもう少し起きていても大丈夫ね」

「もちろんさ」

相沢は、妻のきゃしゃな肩を、しっかりと抱いて、寝室へと入って行った……。

4

「殺された女は、津山信代《つやまのぶよ》、三十四歳、あの家に夫と二人で住んでいた」

と、片山は言った。

「じゃ、ご主人が殺したんじゃないの?」

と、晴美が言った。「はい、ホームズ、お待たせ」

「ニャー」

ホームズが、そばへやって来る。——晴美の作ったシチューが、やっと冷めたのである。

「どうしてそう思うんだ？」

と、片山が面食らった様子で、「何も言ってないのに」

「別に。——でも、何か恨みのある人がやったんでしょ。やっぱり一番近くにいるのは、夫ですもんね」

「まあな」

片山は、夕食を食べるのに戻った。「今のところ、確かに、夫が怪しいとされてるんだ」

「へえ」

と、晴美は面白そうに、「私の勘も捨てたもんじゃないわね」

「ニャン」

「なに？　ただの当てずっぽうだって？　言ったわね」

「ニャー」

「おい、ホームズ相手に喧嘩するなよ」

と、片山は苦笑した。「もちろん、これから、当の夫を見付けて、トラックの運転手の見た男と一致するか、確かめなきゃな」

片山と妹、晴美。そして三毛猫のホームズという、いつもの食卓。——今日は石津がいないので、静かである。

「でも、刺されなくて何よりね。お兄さんも石津さんも」

「まあな。中へ入って行く時はゾクゾクしたよ」

「そうか」

と、晴美は言った。「そうなんだ」

「――何が？」

時々、思い付きを突然口にするというくせが、晴美にはある。

「お兄さんたちも、その津山……何だっけ？」

「津山信代」

「そう。その人が、刺されるとこは見てないわけね」

「そうだ」

「じゃ、その人の夫が、逃げた男だったとしても、犯人とは限らない」

「しかし、刺されてすぐだったんだぜ。ずっと後ならともかく」

「でも、たとえば夫が帰宅した時、奥さんが刺された直後で、犯人がどこかに隠れていたら？」

「それなら、一一〇番するとか、助けを求めるとか、何かあるだろう」

「そうね。でも自分も危ないと思ったら、必死で逃げるかも」

「妻を放って？」

「そんな男だって、いると思うわ」

「俺はそんなことしない」

「誰もお兄さんのことなんて、言ってないでしょ」

と、晴美が言った時、玄関のドアを叩く音がした。

「——誰かしら?」

「石津じゃないな、あんな弱い叩き方」

「石津さんなら、よっぽどお腹を空かしてるわ」

と、晴美は言って、「はい!」

と、立って行った。

ドアを開けると、

「あら、梶井《かじい》さん」

と、晴美が言った。「珍しい。——お上がりになりません?」

「お食事のところ、お邪魔して……」

と、梶井加代《かよ》が片山の方を覗くようにして見る。

「あ、構いませんよ、どうぞ」

と、片山は声をかけた。

「すみません」

上がって来たのは、このアパートの一階にいる梶井加代。六十二、ということだが、息子と二人住まいで、家事は全部こなしているので、元気である。

しかし——片山と晴美がちょっと目を見交わしたのは、梶井加代が急にふけ込んで見えたからである。

大げさには、十歳も、と言いたいくらいで、髪にも白いものがぐっとふえた。

「さ、どうぞ」

もちろん、そんな気配はおくびにも出さず、晴美はお茶を出した。

「どうも……」

声にもいつもの元気がない。

「今日、努《つとむ》さんは？」

と、晴美が訊く。「まだ帰っていないんですか」

梶井努は、加代の一人息子で、三十代の半ばだが、まだ独身。決して嫌われるタイプじゃないのだが、何とも地味な性格と外見で、損をしている。

梶井加代は、出されたお茶を一口飲んだが、手が震えているのが、見ていてもはっきりと分かる。

「——何があったの、梶井さん」

と、晴美が少し身をのり出すようにして、「話してみて。お役に立てるかどうか分からないけど」

片山の方は、黙って座っているだけだ。大体、あまり他人の問題に口を出すのは好きじゃないし、妙なことに係わり合って、また殺人事件に巻き込まれる、なんてことになったら面倒じゃないか。

「あの——」

と、梶井加代が、やっと重い口を開いた。

「息子のことなんですよ」

「努さんがどうかしました？」

「実は——努に好きな女の人ができたらしくて」

と、押し出すように、ためらいがちに言った。

「まあ。でも、そりゃ仕方ないわ。ねえ」

「いえ、別にその——私は、努が恋人を作っても、とられるとか、そんなことは考えていませんけどね。ただ……」

と、加代はため息をついて、「努の好きな相手というのが、亭主のいる女なんですよ」

「あら。——それはちょっと問題ね」

と、晴美が極力軽い口調で、「でも、努さんはもう子供じゃないし、放っておくしか——」

突然、加代が両手で顔を覆って泣き出してしまった。

片山は、ため息をついた。——苦手なんだよな、こういうの。

いくらグチを聞いたところで、よその家のことに、「どうしろ」なんて言えっこないじゃないか。

「しっかりして、梶井さん。努さんだって、そのうち、きっと冷静になって……」

晴美としては慰《なぐさ》めるしかない。片山からすりゃ、それが余計なお節介ということになるのだが。

すると、加代はじっと涙をこらえて顔を上げ、今度は片山の方へ体を向けた。片山がギョッとする。

「あんた、刑事さんですね」

「え?　――ええ、そうですよ」

と、片山は面食らって言った。

「うちの息子を逮捕して下さい」

梶井加代の言葉に、片山も晴美も、唖然としていた。

「突然、こんなこと言って、びっくりしたでしょうね」

と、加代は少し落ちついた様子で、「私だって、ずいぶん悩みましたよ。でもね、自分の腹を痛めた子が、人を殺《あや》めるようなことをしたら、やっぱり黙ってちゃいかんと思ったんです」

「待って」

と、晴美が言った。「今、『人を殺める』って言ったの？」

「そうですよ」

「つまり――努さんが人を殺したって？」

「ええ」

「まさか！　一体……誰を？」

「その、好いてた女です」

と、加代は肩を落とし、息をついた。「あの女のことを……。きっと捨てられたか、裏切られたか、したんでしょうね。可愛さ余って、憎さ百倍、ということですよ」

「加代さん、それは――」

「私の想像じゃないんですよ」

と、加代は言った。「――女の名は、津山信代」

「誰ですって？」

片山が思わず言った。

「ご存じでしょ。三日前の夜、殺された……」

「知ってます。刃物で刺されて……」

「努がやったんです。あの子が殺したんですよ」

片山と晴美は、しばし口もきけないまま、顔を見合わせたのだった……。

「参ったよ」

と、片山は言った。

「どうしたの？」

晴美は、ランチを勢いよく食べている。

片山の方はモソモソと食べている。——どっちにしても、平らげてしまうのには変わりないのだが。

新宿の超高層ビル街。——ガラスばりのレストランからは、強風にあおられて、スカートやら髪を必死で押えながら歩くＯＬの姿が見下ろせる。

「——津山信代の件だよ」

と、片山は言った。「確かに、梶井努の付き合っていたのも、彼女だった」

「本当だったのね」

「しかし、本人は殺してない、といってる。問題は、津山信代の恋人が、彼一人でないらしいことだ」

「夫の他に二人も？」

と、晴美が目を丸くして、「頑張《がんば》ってるのね」

「変なことで感心するなよ」

片山は水をガブガブ飲んで、「——二人じゃないんだ。少なくとも三人はいたらしい」

「凄い」

「努は、彼女が他の男と出歩いてるのを見かけて、驚いたんだ。——あの夜、夫は帰りが遅いと分かっていたんで、努は、あの家へ行った」

「それで?」

「彼女と言い合いになる。その時、信代は、『あの男だけじゃないわ』と言ってるんだ」

「へえ」

「もちろん努の話だがね。カッとなった努は、信代を殴った。その時、信代が鼻血を出して、その血を努はあわててハンカチを出して、ふいてやったと言ってる。——そして、努は殴ったことを詫びて帰った」

「何時ごろ?」

「十時ごろだそうだ」

「お兄さんと石津さんが通りかかるより大分前ね」

「あのアパートへ戻ったのが、一時過ぎ。その間は、失恋の痛手をかかえて、夜の道を歩き回っていた、と言ってる」

「ありうることね」

「ハンカチに血がついてることは忘れていたとね。あの母親の方は、それを見て、てっきり息子が殺した、と……」

「気持ち、分かるじゃない」

「うん。しかしね、直接、梶井努を犯行に結びつけるものはないんだ。ハンカチの血は、今、分析してもらってるけど」

「もう一人の恋人は?」

「分かってない。もちろん当たってるがね。もしかすると、努の出まかせかもしれない」

「夫の方は?」

「まだ見付からない」

と、片山は首を振って、「これも妙だよ。あれだけ手を尽くして捜してるのに」

「逃げてるとしたら……」

「うん。確かに、嫌疑は夫の方にかかっているんだ。何といっても、逃げてるのはおかしいからな。ただ、津山は普通のサラリーマンだ。ヤクザとも縁がない。逃げるといってもそういつまでも行方をくらましてるのは、容易じゃないからね」

「そうね」

「――ま、下手すると、このまま年越しだな」

片山はウェイトレスにコーヒーを頼んだ。

「ねえ、お兄さん」

「何だ?」

「これ、見て」

晴美がバッグから取り出したのは、白封筒の、招待状らしいもの。

「何だい、一体?」

「〈ホテル金倉〉っていうホテルがね、閉館するんですって。その最後の一週間タダで泊めてくれるっていうの」

「よせよせ。とんでもないボロホテルだよ、きっと」

「そんなことないわ、大丈夫。料理も全部タダ。――いかが?」

「いかが、って……。おい、これ、うちへ来たんじゃないぞ」

片山は宛名を見て、「――〈梶井加代様〉となってるじゃないか」

「そうなの。加代さんがね、これをくれたのよ」

「しかし――」

「あちらはそれどころじゃないし、って。どう?」

手紙を読んで、片山は首を振った。

「かつてのお得意を招待してるんだぜ。俺たちがノコノコ行くのは変だよ」

「ぜひ来てほしいってことなの」

「誰が?」

「金倉正三郎さん」

片山は、目をパチクリさせて、

「話したのか」

「電話したの」

「図々《ずうずう》しいな、全く!」

「お兄さんのこと話したら、ぜひおいで下さいって」

「どういうことだ?」

「分かんないけど、いいじゃない。ね、節約にもなるし」

「しかし……」

「石津さんも来るし」

「だけど——おい、石津も?」

「そうよ」

「食いものがタダだっていうのに? そりゃホテルが可哀そうだ」

片山は心からそう言った。

しかし、いつものことながら、もう事態は今さら自分が反対しても、どうにもならないところまで来ていると認めざるを得なかったのである……。

第二章　チェックイン

1

ガクン、と列車が揺れた。

片山はハッと目を覚ました。――しまった！　遅刻だ！

「おい、晴美！　靴下とハンカチ！」

と、実際声に出して言ってしまったらしい。

ふと気付いて見回すと……。半分ほど席の埋《う》まった車両に、座っている。そして目の前の席には、当の晴美が腕組みをして、眠っている。

そうか。――朝じゃないんだ。つい、いつもの朝と同じだと思って……。

やれやれ。片山は頭を振った。晴美が居眠りしてて良かった。また馬鹿にされるところだ。

向かい合わせにした四つの座席。もちろん片山の隣りは、大きな口で、辺りの酸素を目一杯取り込もうとするかのような、石津。そして晴美の隣りは、四肢を体の下に折り込んで、じっと目を閉じているホームズである。

いつ着くんだっけ？

片山は腕時計を見た。――十時を少し回っている。

確か、目的の駅に着くのが十時半ごろだったか。あと少し、というところだ。

晴美などは度胸もいいので、あと三十分というと、また一眠りしてしまうのだが、片山にはそんな度胸はない。もう三十分前なら、降りる仕度をする――というのは大げさだが、少なくとも心の準備は必要である。

顔を洗って来よう。片山は立ち上がると、石津の前を苦労して通り抜け、通路を歩いて行った。

ゴトンゴトン、と単調なリズムに乗って車両が左右に揺れている。本当に走っているのかしら、と思うほど、現実感がなかった。

旅というのは、こんなものなのかもしれない。特に片山のように旅に慣れていない人間にとっては。

扉を開けて、片山は、狭苦《せまくる》しい洗面所に入ると、水を出し、両手に受けた。ブルッと身震いするほど冷たい。

思い切って顔に叩きつけると、肌を刺すようで、眠気は一気に吹っ飛んでしまった。

「冬だなあ」

と、当たり前のことを呟《つぶや》いて、ハンカチを取り出し、顔を拭《ふ》く。

暮れの二十九日。——片山も休みに入り、津山信代殺しも、まだ目途《めど》のつかないままだった。

奇妙なのは夫の津山伸介《しんすけ》が未だ見付かっていないことで、その捜索は、いささか手詰まり状態に陥《おちい》っている。津山が見付からない限り、逆に津山への容疑が濃くなっていくのは避けられず、梶井努もアパートに戻っていた。

正月明けまでに、何か見付かるといいのだが……。

フーッと息をついて、戻ろうと振り向きかけると——。

目の前の汚れた鏡に、当然のことながら、自分の顔が映《うつ》っている（映らなきゃ吸血鬼である）。そしてすぐ後ろに立っている男の顔も。

見たことのある顔だった。——誰だろう？　片山は一瞬考えた。このところ、よくお目にかかっている……。もちろん、石津じゃない。

ハッと気付くまでに、何秒かかったか。自分ではずいぶんたっていたような気がするが、実際はきっと五、六秒のことだったろう。

しかし——。

「動くなよ」

と、津山伸介は言った。「ナイフが背中にくっついてるぞ」

津山伸介が、なぜここに？　——片山は面食らっていた。驚きが先に立って、恐怖を感じる余裕がなかった。

「刑事だってな」

と、津山は言った。「俺を知ってるんだろ？」

「ああ」

「そうか」

津山伸介の顔は、ずいぶんやつれ、頬がこけていた。それでも、一目で分かる。

「どこへ行くんだ？」

と、津山が言った。

「どこって……」

「行き先さ」

「——ホテルだよ。〈ホテル金倉〉ってところだ」

津山が、びっくりしたように、

「お前もいたのか、あの時に？」

と、訊いた。

「あの時って？」

片山には何のことやら分からない。

「十年前さ。あのホテルのサロンに、いたのか？」

「あのホテルの？〈ホテル金倉〉のことなら、今度行くのが初めてだよ」

片山の言葉を、津山は信じた様子だった。

「そうか。――じゃ、お前は違うんだな」

「何の話なんだ？」

「今に分かるさ」

と、津山は言った。「一つ、言っとくけどな、信代を殺したのは俺じゃないぜ」

「それなら自首して、説明しろ」

「いや、ごめんだね」

と、津山は首を振った。「いいか。信代が殺されたのは、TVなんかで言ってるような、単純な、愛情のもつれなんかじゃないんだ」

「どういうことだ？」

「お前も分かるさ。そのうち。〈ホテル金倉〉へ行けばな」

津山は、それ以上説明する気はないようだった。

「――もうすぐ、目的の駅だろう。お前は……」

誰か来た。――足音がする。そして、

「アーア」

と、大欠伸《あくび》。

石津だ。片山は、どうしようかと思った。

「また会おうぜ」

と言うなり、津山は駆け出した。

片山は、すぐには動けなかった。いや、ともかくこの列車に乗っているのだ。見付けることはできる。

「あ、片山さん、ここだったんですか」

石津がやって来て、ウーンと伸びをした。「いや、寒いですね。やっぱりこの辺は」

「おい！　今、ここに――」

「え？」

「いたんだ！　ここにいて、ナイフを俺に――」

「ナイフですか？　ちょっと持って来てませんけど……。何を切るんです？　リンゴか何か？」

「そうじゃない！」

片山は、やっと息をついて、「今、手配中の津山が――」

と言いかけた時、列車が大きく揺れて、

「ワッ！」

と、片山と石津は、二人とも引っくり返ってしまった。

「ど、どうしたんでしょう？」

「非常停止だ！　飛び下りたな！」

片山はさっと立ち上がった。

「片山さん……。飛び下りるんですか？　何かこの世に不満でも？」

「馬鹿！　奴が逃げたんだ！」

片山は、急いで津山の行った方へと駆け出して行った……。


「——ここが、駅？」

と、晴美が言った。

「間違ったんじゃないですか？」

と、石津が言った。「それとも、キツネに化かされてるか……」

「ニャー」

ホームズも、いささか心細い感じの声を出した。

しかし、確かに、そこは駅だった。ホームもあったし、駅舎もある。ただ、駅員は一人もいなかった。

片山たちは、駅の改札口を出た所に立っていた。

「タクシー乗り場がありませんね」

と、石津が言った。

それどころか、駅前は何もなかった。

あったとしても、この濃い霧の中で、見えなかったかもしれないが、ともかく、人家らしいもののある気配は全くなかった。

「――どうやって〈ホテル金倉〉まで行くの？」

「迎えが来るってことだったんだろ？」

「そう言ってたけど……。寒いわね。ホームズ、大丈夫？」

「フニャ」

あんまり大丈夫でもなかったらしい。晴美が抱き上げてやると、おとなしく丸くなっている。ホームズにしては珍しかった。

「大声で呼んでみますか」

と、石津が言った。

「電話しようにも……。公衆電話もないだろうしな」

「呼んで来ますか、電話を」

石津の冗談も、冷たい空気の中に、煙のように広がる白い息と共に言われると、笑う気にもなれない。

「――ここで野宿？」

と、晴美が言った。「朝までにカチンカチンに凍っちゃうわ」

「――おい。あれは？」

と、片山が言った。

霧が白く光っていた。その光はフラフラと揺れて、少しずつ強くなって来たと思うと――やがて怪物の二つの光る目となって、近付いて来る。

「車だわ」

と、晴美が言った。

「ニャー」

ホームズがホッとしたような声を出す。

車の輪郭が見えたと思うと、アッという間に片山たちの前に、その車は停まっていた。大きなリムジンだ。こんな田舎の駅には不つりあいでさえあった。

「――片山さんですか」

運転席の窓が下りて、若い女性が顔を出した。若いといっても、三十歳は過ぎているだろうが。

「そうです」

「お迎えに上がりました。どうぞお乗り下さい」

「助かりました」

と、晴美が素直に言った。「〈ホテル金倉〉の方？」

「私は客ですの」

と、その女性は愉快そうに言った。「この霧ですし、ホテルのオーナーの金倉さんでは、心もとないので、代わりに来たんです」

ともかく、片山と石津が後ろの席に、晴美は助手席に乗り込んだ。ホームズは片山の膝の上にと移動した。

車はUターンして、来た道を戻って行く。

「遅くなって申し訳ありません」

と、ハンドルを慎重に扱いながら、「出た時は、こんなにひどい霧じゃなかったんです。もっと早く着くつもりだったんですけど、スピードが出せなくて」

そこまで言って、その女性は、

「失礼しました。私、相沢弓子といいます。夫と二人でホテルに来ているんです」

と、自己紹介した。

「私たちも遅れたんです。列車が急停車したもんですから」

と、晴美が言った。

「何かあったんですか」

「逃亡中の犯人がいましてね」

と、片山が説明した。「非常レバーを引いて、扉を開けて逃げたんです」

「まあ、怖い」

と、相沢弓子は眉をひそめる。「捕《つか》まりましたの？」

「いや、地元の警察へ連絡してあります。――しかし、この霧と、こういう山の中じゃ見付かるかどうか」

「でも、この寒さよ」

と、晴美が言った。「山の中に隠れていられるような状態じゃないわ」

「それはそうだけど……」

車は、林の中の道を辿《たど》っていた。曲がりくねっているし、ライトを点けても、霧の中では、木立ちにぶつかる危険が大きいので、とてもスピードは上げられないのである。

「――遠いんですか、ホテル？」

と、晴美が訊く。

「いえ、そんなことはありません。こんなふうでなければ、車でもう十分足らずじゃないかしら」

相沢弓子は言って、「――刑事さんなんですって？」

「後ろの二人がそうです」

「心強いわ」

と、弓子は微笑んだ。

「――あなたも招待状を？」

「そうです。主人の所へ。――本当はヨーロッパへ行こうと言ってたんですけど、主人の予定が立たなくて」

「大勢いらしてるんですか？」

「そうでもありません。もともと、大きなホテルじゃないし。元は個人の別荘だったらしいんですよ。それを改装して」

相沢弓子は、ちょっと前方を見すかすようにして、「見えて来ましたわ。あれです」

と、言った。

霧が、この辺りでは少し薄れている様子だった。

夜の中に、さらに黒々と、破風《はふ》屋根の洋館が浮かび上がった。いくつかの窓が、明るく光を覗かせている。

「さあ、どうぞ」

車が正面に着くと、相沢弓子は言った。「私はこの車をガレージへ入れますから」

ドアを開けて、片山たちが降り立つと、両開きの背の高いドアが開いて、白髪の老紳士が現われた。

「――片山さんでいらっしゃいますか」

と、よく通る声で言った。「お待ちしていました」

「どうも、お招きを――。おい石津、荷物を持てよ」

「はい！」

「申し訳ありません。力仕事をやる者がいなくて」

と、その老紳士は詫びて、「どうぞ、お入り下さい」

と、ドアを大きく開けた。

片山はホームズを下ろして、

「お前、先に入ってろ」

と言った。「どうせ荷物は運べないんだから」

ホームズは、

「ニャン」

と一声、タタッと駆けて行った。

「おや、これは可愛いお客様だ」

と、老紳士は笑って言った。「大歓迎ですよ」

中へ入ろうとして、ホームズが、ふと足を止める。そして振り向くと、霧にかすんでいる木立ちの方をじっと見ている。

「どうかしたのか?」

と、片山が言った。「荷物を運ぶから、踏まれちまうぞ」

ホームズは、ゆっくりした足取りで、それでも何となく、後ろの方に心を残している様子で、建物の中へ入って行った……。

2

「お兄さん! ——起きて」

晴美の声がして、片山は、ウーンと唸《うな》って寝返りを打った。

もう少し寝かしてくれよ。確か、もう休みだろ?

「ほら、遅刻よ!」

と言われて、片山、パッと起き上がる。

「何だ、おい——」

アパートじゃない。そうなのだ。〈ホテル金倉〉へ来ている。

「寝かしといてくれよ。まだ早いんだろ?」

「何言ってんの。もう九時よ」

「九時？」

片山はベッドわきの時計を見て、「本当だ。――よく寝たもんだな」

「靴下、ハンカチ、ってわめかないの？」

すっかり服を着ている晴美が、面白そうに言った。

「な、何だよ、それ」

「ゆうべ、列車の中で、パッと目を覚まして叫んだじゃない」

「聞いてたのか！」

片山は赤くなった。

「いやでも聞こえるでしょ。ね、ホームズ」

「ニャー」

ホームズの声も、ゆうべとは違って、元気がいい。何といっても、ホテルの中は暖かいのだ。

「――外はいいお天気よ」

晴美がカーテンを開けたので、片山はまぶしげに目をしばたたいた。

「津山のこと、何か連絡は？」

「ないわ。――今は忘れて。朝食、十時までよ。早く来ないと、なくなるわ」

「分かったよ。――石津の奴は？」

と、片山は頭を振って言った。

「二回目の朝食の最中かもね」

と、晴美は言った。「下で待ってるわ」

「分かった……」

片山は欠伸しながら肯いた。

一人になると、片山はゆっくりとベッドから出た。窓辺に寄ってみると、木立ちがすぐそばまで来ている。

森の中に、このホテルはあるんだな、と思った。——確かに、すべてが「木」の匂いである。

古びたドアから、窓枠から、ベッドに至るまで、どれもどっしりと重い感じで、しかも古いとはいっても、頑丈に作られている。

こんなホテルを閉めてしまうというのも何だかもったいない話だな、と片山は思っていた。

まあ、こういうホテルに来る客というのは限られているのだろうが……。

片山は顔を洗って、仕度をした。——朝食抜きじゃ、かなわない。

部屋を出ようとすると、電話が鳴り出した。

誰だろう？　もしかすると、地元の警察かな、と思いながら、受話器を取る。昔ながらの重い電話である。

「はい、片山です」

と、言うと、

「のんびりしとるか」

と、聞いたことのある声。

「課長！」

片山は、びっくりした。しかし、考えてみれば、津山のことで連絡が行っているだろうから、そう驚くほどのことでもない。

「休んでる所に、すまんな」

と、捜査一課長、栗原《くりはら》警視は言った。

「津山のことですか」

「それもある」

と、栗原は何となく引っかかる言い方をして、「まだ見付かっとらんらしい」

「そうですか」

「それから、今、お前が泊まっとるホテルだがな」

「ここがどうかしましたか？」

と言いながら、片山は、ゆうべ列車の中で津山が言っていた言葉を思い出していた。

何か、あの殺人に、このホテルが係わっているとか……。本当だろうか？

「〈ホテル金倉〉といったか?」

「そうです」

「どこかで聞いた名だと思っていたんだ」

と、栗原は、もったいぶって、「ゆうべ、古いファイルを捜して見付けた」

「何をです?」

「そのホテルはな——もうないんだ」

「何ですって?」

「持ち主の幽霊が、時々客を招いては、たたって殺し、死体をむさぼり食うんだそうだ」

「——課長!」

片山は頭に来て、「真面目《まじめ》にしゃべって下さい!」

「いや、すまん」

と、栗原は笑いながら、「一瞬、青くなったろう」

誰が! ——片山は、年明けに出勤したら、また辞表を出してやろう、と決めた。

「しかし、殺人に関係があるのは本当だぞ」

と、栗原は言った。「十年前になる。そこのオーナー、金倉正三郎の娘、金倉可愛《かわい》が、死んでいる」

十年前……。サロンで。——そう。あの津山が、そう言った。

「それが殺人だったんですか」

「そうなんだ。何でも、サロンがあるらしいな」

「ええ。——ゆうべ、着いてすぐ、しばらく休みましたが」

「そこで、金倉可愛がピアノを弾いていた。ところが、演奏の途中、少女の指に、針が刺さったんだ」

「針?」

「ピアノのキーの間に、尖《とが》った方を上に向けて仕掛けてあったらしい。そして、その先に猛毒が塗ってあった」

「じゃ、それだけのことで——」

「数分後には息を引きとった」

片山は絶句した。

「ひどい話ですね! その子はいくつだったんですか?」

「十二歳だった」

「で、犯人は……」

「当然、捜査はされた。しかし、結局そのまま迷宮入りになっている」

「そうですか」

「金倉正三郎は、その時、もう六十歳だったから、孫といってもおかしくない子だった。それだけに、それこそ目の中に入れても痛くない可愛がりようだったらしい。しかも、その子は十二歳としては天才的にピアノのうまい子で、東京へ出て、音楽関係の中学校へ入ると決まっていたそうだ」

「そうでしたか……」

津山が言ったことと、ぴったり合う。

十年前、あのサロンにいたのか……。ということは、津山も、十年前、そこにいたのだろうか？

「課長、その時、ホテルに誰が泊まっていたか、分かりますか？」

「そこまでは分からんな。詳しい資料はここにはない」

「そうですか……」

「何かありそうか？」

「そんなに嬉しそうに言わないで下さい」

と、片山は言ってやった……。


「——遅いわね、お兄さん」

と、晴美は紅茶を飲みながら言った。

「お腹が空いてないんですかね」

と、石津が不思議そうに、「僕なら、まず食べてからにしますね、何をやるにしても」

「そうね」

と、晴美は微笑んだ。

ダイニングルームも、広くはないが落ちついていて、雰囲気がある。天井は高く、狩りや昔風のスタイルでのゴルフやテニスの風景が、あちこちにフレスコ画風に描《えが》かれている。

「——おはようございます」

と、挨拶に来たのは、相沢弓子である。

「ゆうべはどうも」

晴美は礼を言って、「お一人?」

「いえ、今、主人が……。あなた」

と、弓子が呼んだ。「いつも夜中まで働いてるので、こういう所へ来ると、遅くまで寝ちゃうんです」

「うちの兄は、別にいつも遅くなくても、ゆっくり寝てます」

と、晴美は言った。

「やあ、どうも。相沢です」

と、やって来た男性を見て、晴美はちょっと驚いた。

もちろん、にこやかに挨拶しておいて、相沢夫妻が少し離れたテーブルにつくと、

「ね、あのご主人、いくつに見える？」

と、石津に訊いた。

「さあ。——三十五、六じゃないですか」

「まさか！　ずっと年上よ、奥さんより」

「じゃ、七十くらいですかね」

一気に倍増である。晴美も、石津の意見を求めたのが間違いだった、と悟った。

でも、確かに、なかなかすてきな男性だわ、と晴美は思った。

あの二人、どうして知り合ったんだろう。

——片山が入って来た。

「ここよ」

と、晴美は手を振って、「遅いじゃない」

「課長から電話でな」

「栗原さんから？　何ですって？」

「お前の喜びそうな話だよ」

と、片山は言ってやった。「ともかく何か食わしてくれ」

中年の、至って感じのいいウェイターが、一人で歩き回っている。片山が入って来たのにも、ちゃんと気付いていて、適度な間を置いて、やって来ると、オーダーをとった。

晴美は片山がオムレツを半分食べ終わるまで、じっと待っていた。しかし、全部食べ終わるまでは、とても待てなかった！

「——じゃ、十年前のその殺人事件が、何か関係あるの？」

晴美は、低い声で言った。

何しろ、このダイニングルームも、声がよく響くのである。

「どうも妙だと思わないか」

と、片山は言った。「津山の言ったことと、昔の殺人事件のことを考え合わせると……。あの金倉って老人が、なぜあの人たちを招待客に選んだのか……」

「そうね。——これは、調べてみる必要があるわ」

「そんなに嬉しそうな声出すなよ」

と、片山は苦笑した。「ゴロゴロ言ってるぞ、喉《のど》が」

「失礼ね。ホームズじゃあるまいし」

「ニャー」

と、足下でホームズの声がした。

「何だ、そこにいたのか。いつの間に来てたんだ？」

「話を聞いてたらしいわね」

「ニャン」

「では、その問題のサロンへ行ってみましょうか。ね、ホームズ？」

「おい晴美」

「分かってるわよ。危ないことに首を突っ込むな、でしょ？」

「そうだ」

「手遅れよ」

そう言って、ホームズを引き連れ、さっさと出て行く。

「──そう言うと思ったよ」

と、片山は首を振った。

誰かが、そばに立った。見上げると、例のオーナー、金倉正三郎である。

「いかがです？　ゆっくりお休みになれましたか」

「ええ、ゆっくり」

片山は、食べ終わって、ナプキンで口を拭いた。

「コーヒーを？　──おい、ここへコーヒー。私にもな」

「薄くしておきます」

と、ウェイターがいたずらっぽく言った。

「──風間《かざま》といって、もうこのホテルに三十年近く働いています。よく働くし、いい男ですよ」

と、金倉は言った。「刑事さんというお仕事、大変でしょう」

「そうです」

と、返事したのは石津だった。

やっと完全に（？）食事を終わっていたのである。

「お前、晴美たちを見ててくれ」

と、片山が言った。

「はい！」

石津がいそいそと飛んで行く。

「妹さんに惚れておられるようですね」

「そうなんです」

と、片山は肯いた。

風間というウェイターが、コーヒーを運んで来る。片山は一口飲んで、感心した。ていねいに淹《い》れてある。

都心の一流ホテルでも、ひどいコーヒーを飲ませる所がずいぶんあるのだ。

「今は何かの事件を？」

と、金倉が訊いた。

「ええ。津山信代という女性が殺された事件です」

片山は、いかにもさりげなく言った。「夫の津山伸介というのを、捜しているんですがね」

「なるほど」

金倉の顔には何の反応もなかった。

「ところで、金倉さん」

と、片山は座り直して、「僕らのように、ここに泊まったことのない人間を、どうしてよんで下さったんですか。いや、梶井さんの代わりということは分かっていますが」

「梶井さんたちも、みえますよ」

と、金倉は言った。

「ここへ?」

「そうです。たぶん、明日にはね」

と、金倉は言った。

「——おはようございます」

と、相沢弓子が、金倉に会釈して行く。

夫と一緒に、ダイニングルームを出て行った。

「金倉さん——」

「いや、妹さんから、お電話をいただきましてな。あなたが刑事さんと知って、ぜひおいで願おうと思ったんですよ」

「なぜです？　何か僕らが必要になるようなことが起こる、と？」

「ええ」

金倉が肯く。

「それは何です？」

「殺人です」

金倉は、まるで今日のお天気のことでも話すような口調で、そう言った。

片山は、少し間を置いて、

「一体、誰が殺されると？」

と、訊いた。

金倉は、少し愉《たの》しげにさえ見えた。そして、ゆっくりと、言った。

「もちろん、殺されるのは私ですよ」

3

ピアノは、そこにあった。

サロンへ足を踏み入れた晴美は、そのピアノを見て、足を止めてしまった。

ホームズは、トコトコと入って行き、そのピアノの鍵盤の蓋《ふた》の上に、フワリと飛びのった。

「ちょっと、ホームズ！　危ないわよ」

と、声をかけたが、もちろん、そんな毒針が残したままのはずはない。

そう分かっていても、あまりそばに寄る気はしないのも事実だった。

サロンの中には誰もいなかった。たぶん、夕食の後などには、寛ぐ人で埋まるのかもしれないが。

すると、タタッと足音がしたと思うと、

「どけどけ！」

と、晴美を突き飛ばすようにして、男の子が飛び込んで来た。

「待ってよ！」

と、追いかけて来たのは女の子。「お兄ちゃん！」

男の子はたぶん十歳ぐらい。女の子の方は七、八歳というところか。朝食の席で、いやにやかましかったテーブルの子たちだ。

両親はどっちも三十代後半という感じで、少し派手な身なりをしていた。どっちかといえば、晴美としてはあまり付き合いたくない相手だった。

兄妹《きょうだい》は、サロンの中を騒ぎながら、駆け回っていた。

ホームズは、ピアノの蓋の上で、二人の子供の騒ぎを、呆れたように見下ろしていた。

晴美は、新聞を取って来て、ソファの一つに腰かけた。

木の床なので、子供が駆けると、ドタドタ音がする。

新聞をめくっていると……足音が途絶えた。

ふと顔を上げて、晴美はギョッとした。

兄妹は、ピアノの蓋を開いて、キーを叩こうとしていたのだ。

「弾いてやるぞ」

と、男の子の方が、椅子に腰かけ、両手を伸ばす——。

止めようと晴美が立ち上がった時、

「だめ！」

と、鋭い声が飛んで来た。「収！　だめよ弾いちゃ！」

駆け込んで来たのは、母親だった。

晴美が見ているのも気にしない様子で、

「このピアノを弾いちゃだめ！　分かったわね？」

と、二人を真剣な目でにらみつける。

「どうして？」

と、男の子の方が訊く。

「どうしても、だめなの。けがをするわよ」

兄妹には良く分からなかったらしい。当然だろうが。

しかし、母親の言うことを聞いて、二人は、サロンから出て行った。

ホッと息をついて、それから母親は晴美に気付いた。

「ゆうべ遅くに着かれた方？」

「そうです」

「よろしく。船田です。船田明美」

「片山晴美です。――可愛いお子さんたちですね」

「さっぱり言うことを聞かなくて」

と、船田明美は言った。「あなたも、あのピアノを弾かれないようにした方がいいですよ」

「どうしてですか」

と、晴美は訊いた。

「それは……」

「十年前の事件のせいですか」

船田明美は、晴美をじっと見ていたが、

「あなた、まだお若いわよね」

「ええ」

「でも十年前のことを？」

「ええ。聞いています」

「そう……。ここにはいなかったのね、あなたは」

「いませんでした。あなたは居合わせたんですか」

明美は、少し間を置いて、肯いた。

「確かに……。ここにいたのよ」

「この部屋だったんですね」

「そう。――少しも変わってないわ、あのころから」

と、そっとソファに腰をおろすと、サロンの中を見渡す。「私と主人はハネムーンで……。でも、もうあの収がお腹にいたんですけどね」

と、少し照れるように言った。

「ここのオーナーの娘さんが……」

「そう。ピアノを弾いていたの。とても上手で――いえ、子供にしては、ってことじゃないの。大人でも、あんなに弾きこなせる人がどれくらいいたかしら」

明美は首を振って、「私、少女時代に、かなりピアノを厳しく仕込まれたことがあったから、分かるの。あの子は天才だった」

「ピアノに細工がしてあったとか」

「ええ。でも、それは後で調べて分かったんだけど。――その時はただ、あの子が、アッという声を上げて、手を押えて椅子を離れたの。そして、バタッと……。そう、その辺りに倒れたかしら」

と、カーペットの上を指さす。「みんな唖然《あぜん》としていたわ。何が起こったのか分からなくてね」

「そのまま亡くなったんですか」

「ええ。凄い毒だったようね。——警察で、色々訊かれたわ。とんだハネムーンだ、って主人は怒ってたけど、私は、あの子の死んだのがショックだった」

明美は、立ち上がると、ピアノの方へと歩いて行く。晴美もついて行った。

鍵盤の蓋を開けると、明美はため息をついた。

「どうして鍵をかけておかないのかしら？ ——この汚れ。たぶん、その時の、女の子の血よ」

見て、晴美はゾッとした。わずか十二、三の女の子が、一体なぜ殺されたのか？

「おい、どうしたんだ？」

と、やって来たのは、船田だった。

「あなた。——このピアノのことを思い出してたの」

「そんな物に触《さわ》るなよ」

と、船田は、露骨にいやな顔をした。「もうすんだ話じゃないか」

「でも、犯人は見付からなかったのよ」

「そうだったな。我々にゃ関係ないさ」

「そりゃそうだけど……」

船田の言い方には、早くこの話題から逃れたいという気持ちが出ている。なぜだろう？

すると、そこへ、

「何をしてるんです？」

と、びっくりしたような声が飛んで来た。

金倉正三郎が、サロンの入口に立っていたのだ。

「このピアノのことをお話ししていたの」

と、明美が言った。

「そんな馬鹿な！」

と、金倉が言ったのは、明美の言葉に対してではなかった。

金倉は真っ直《ます》ぐピアノの方へ歩いて来ると、

「この鍵盤の蓋、開いてたんですか？」

と、訊いた。

「私が開けたの」

と、明美が言った。

「鍵がかかっていたでしょう」

「いいえ」

「そんな……。おかしいな」

と、金倉は首をかしげる。

「かけてあったんですか」

と、晴美が訊く。

「ええ。もうずっとね……。どうして開いてたんだろう」

首をかしげながら、金倉は蓋を閉じると、

「どうか、触らないで下さい。お分かりでしょうが」

と、言った。

「分かりました」

と、明美は肯いて、「もちろん、弾くつもりじゃなかったわ」

金倉がサロンを出て行くと、

「あのじいさんも、ぼけたんじゃないか」

と、船田が言った。

「あなた！　聞こえるわよ」

「なに、大丈夫。それにこの鍵盤だって、自分で開けたに決まってるさ。それを忘れてしまってるんだ」

「でも……」

「もういい。ともかく部屋へ戻ってよう」

船田は、明美の腕を取って、半ば強引にサロンから出て行く。

晴美は、ピアノの上に座っているホームズの方を見て、

「何だかおかしくない、今の人？」

と、声をかけた。

ホームズは何も言わない。しかし、どことなく、このピアノに興味は持っている様子だった。

片山が入って来る。

「お兄さん、今ね——」

「見てたよ」

と、片山は言った。「どうも雲行きがおかしいな」

「こんなに晴れてるのに？」

「天気の話じゃない！　——どうも、あの金倉、何か考えがあって、このメンバーを招待してるらしい」

「どうして分かるの？」

「自分が殺されると思ってる」

「何ですって？　どうしてあの人が殺されるの？」

「それは言わない。しかし、もし殺されたら、ぜひ犯人を見付けてくれ、と言われたんだ」

「それじゃ——」

「たとえば、こう考えたら？」

と、片山はピアノにもたれかかって、「このサロンでピアノを弾いていて、金倉の娘は死んだ。その細工をした犯人が、その時、このサロンで、演奏を聞いていたんじゃないか」

「じゃ、その犯人を突き止めるつもりで？」

「そうだと思う。その時に居合わせた人々に招待状を送っているんだ。ここで、事件を再現して、いざとなったら、自分の命と引きかえに、犯人を見付けるつもりだったろう。——僕らがいりゃ、その点、楽だということかもしれないな」

「でも、十年も前の事件の犯人が今になって分かる？」

「やってみることが、生きがいなんだ。おそらく」

金倉が戻って来て、ピアノの鍵をかけてしまった。

「——金倉さん」

と、片山が言いかけると、

「失礼。昼食の打ち合わせを至急しなくてはいけないんで」

金倉は出て行ってしまう。

「妙ね……」

と、晴美も首をかしげる。「あの相沢さんも？」

「たぶんそうだろう。奥さんの方は別としても」

「——何が起こるのかしら」

「来るんじゃなかった」

と、片山はため息をついたが、晴美とホームズは、知らん顔をしているのだった……。


「——お母さん、着いたよ」

と、梶井努が言った。

「早く降りないと」

「分かってるよ」

梶井加代は、立ち上がって「自分の荷物ぐらい持つよ」

と、強がっている。

列車を降りて、無人の改札口を出ると、

「まあ……」

と、加代が呆れたように、「こんなにひどくなって——」

「仕方ないさ」

と、努が言った。「さびれて来てしまったんだよ」

ゆうべ、片山たちが着いたころは、霧が深くて分からなかったが、駅の前には、一応何軒かの〈みやげもの屋〉とか食堂が並んでいたのだ。

しかし、今はどこも閉めたままで、無人の町と化してしまっている。

「いくらさびれるっていっても……。ひどいわ」

と、加代はやり切れないという口調である。

「車だよ」

と、努が言った。

古びた車に、〈ホテル金倉〉という文字が大書してある。

車が停まると、

「梶井様ですね。風間と申します」

と、男が降りて来た。

「あら……。確かあなた、レストランの方の――」

「さようで」

と、少し自分のジャンパー姿に照れている様子。「人手がございませんので、私も駆り出されます」

「この車で？　じゃ荷物をトランクへ」

「私、運びましょう」

「いや大丈夫」

努が荷物をトランクへ入れ、車に乗り込む。車はホテルの方向へと走り出した。

「……お久しぶりでございますね」

と、運転しながら、風間が言った。

「そうね。――でも、十年前から一度も来ていないってわけじゃないわ」

「はい。三年前にもおいでです」

「よく憶えているわね」

「仕事でございますから」

と、風間が言った。

車が林の中を抜けて行く。明るいし、霧もないので、スピードも上がっている。

「東京は寒いですか」

と、風間が訊く。

「ええ、底冷えして。でも、こういう所は、中にいる限り暖房してありますものね」

「それはそうです。今は――」

と言いかけ、「危ない！」

叫び声が上がった。

誰かが車の前に飛び出したのである。ちょうど木立ちに遮られて見えない場所から、人が飛び出して来たのである。ブレーキが鳴ったが、間に合わない！

ドスン、という衝撃があった。車は停止した……。

「――風間さん」

「おかけになっていて下さい。私が急いで手配をいたします」

「でも――はねられた方は？」

「見て来ます」

風間が車を出る。

「僕も行く」

と、努が言ってドアを開けた。

「息があるかどうか、確かめるのよ」

「もちろんさ」

と、努は、風間の後から歩いて行った。

紺のコートをはおった人らしい。

「まさか命にかかわるってことは？」

と、努が訊くと、

「何とも言えませんね。ともかくすぐ一一九番に」

と、風間は言って、倒れている男の方へかがみ込んだ。

うつ伏せになっていた男を、仰向けにしてやると、

「あ……」

と、努が思わず声を上げた。

「知ってるんですか」

「ええ……。津山だ。津山伸介だ」

と、梶井努は言った。


「そうなんです」

と、片山は部屋の電話で言った。「今、津山は病院に。——強く頭を打ってるらしくて、今のところ五分五分、と医者は言ってるようです」

「分かった」

と、栗原が言った。「捜す手間は省けたわけだな」

「でも、どうして車の前へ飛び出して来たのか、分からないんです」

「本人に訊いてみるんだな」

と、栗原はのんびりしたことを言っている。

「じゃ、ともかく正月にはのんびりやれよ」

「はあ。しかし、何か起こりそうな気がして……」

「そうか。じゃ、帰って来るか？」

そんなわけにはいかない。しかし、差し当たり、津山が、見付かって、いくらか気が楽になったのは事実だ。

「十年前の事件ですが、詳しいことは、どこへ訊けば分かりますか」

「そうだな……。必要なら、当たってやる」

「お願いします」

「お前も仕事が楽しくなって来たか」

と、栗原は嬉しそうだった……。

——片山は階下へ降りて行くと、晴美の姿を捜して歩いた。

「ここにいたのか」

ビリヤードや卓球台を並べた部屋で、晴美はホームズと遊んでいた。

「運動しないと、食事ができないでしょ」

「石津みたいなこと言うなよ」

と、片山は苦笑した。

すると、いきなり後ろから、ドン、と突き当たられて、片山は前のめりにつんのめってしまった。

「あ、片山さん、失礼しました」

と、石津が言った。「気が付かなくて」

「目の前にいただろ」

「向こうの晴美さんしか目に入らなかったんです」

するど、ホームズが片山の足下へ来て、

「ニャー」

と、鳴いた。

「何だ？　——何かあるのか？」

「ニャン」

石津はホームズを遠回りに避けて、晴美の方へと行ってしまう。

「そうか……。待てよ」

と、片山は呟いた。

もし、津山が事故でも自殺未遂でもなく、車の前に飛び込んだのは……。

今、石津がぶつかって来たように、誰かが、津山を車の前に突き飛ばしたのではないか。

だとすると、それは立派な殺人未遂だ。

このホテルの誰かが。——それに違いない。

次は何があるんだ？　片山はのんびり卓球を始めた晴美と石津を見て、羨《うらや》ましいような、
馬鹿らしいような、複雑な気持ちだったのである。

第三章　ディナー

1

運が悪いよな、全く。

田口《たぐち》医師は、何度もぼやいた。——今夜、何度目になるだろうか？

心の中でぼやいているだけなのだから、数えることもできないが、もし相手がいれば、やはり同じ数だけぼやいていたに違いない。

相手が全くいないわけではない。その気になれば、看護婦のセツ子は喜んで相手をしてくれるだろう。

しかし、セツ子が相手となると、話だけじゃすまなくなる心配があって、田口医師はつい「ご遠慮申し上げて」しまうのだった。

宿直室の長椅子に寝そべって、ついウトウトしていると、ふっと浅い眠りに引き込まれて、

セツ子がそっとドアを開けて入って来る夢を見る。秘密めかした、薄笑いを唇《くちびる》の端に浮かべて、田口が、

「おい、やめろよ」

と言う間もなく、白衣の前を開け、田口の上にのしかかって来て――田口はギョッとして目が覚めるのだった。

夢は願望の映像化かもしれないが、この場合に限っては、「恐怖」の映像化だった。何しろセツ子は、細身の田口など押し潰してしまいかねないくらいの体重があったからだ。

まあ、それにしても――。

十二月の三十日……いや、もう夜中の十二時を過ぎているから、三十一日に入っているわけだ。大みそか。一年の終わりの日。

といって、スキーに連れて行く恋人がいるわけでもなく、一緒にコタツでTVを見る家族もない。だから、こんな日に「宿直」を仰《おお》せつかって、まあ大した文句も言わずに引き受けたのだが。

今、入院している男は、目が離せない状態なのである。よくは知らないが、警察に追われていたらしい。

車にはねられて、かなり強く頭を打っている。意識不明の状態は、まだ当分続きそうである。万一、意識の戻ることがあったら、すぐ警察へ連絡しなくてはならない。

もちろん、警察の方だって、できることなら、お正月休みが終わってから、あの男が意識を取り戻してくれるといい、と思っているだろう。

田口医師は起き上がって、欠伸をした。

昼間、大分居眠りしてしまったので、何となく頭がしびれているようで、それでいて眠くもないのである。

あの男の様子でも見て来るか。他に大してすることもないのだし、他の入院患者——もともと多くはない——も大部分は自宅へ戻っていて、残っているのは、点滴さえ続けていればいい、年寄りが二人だけである。

田口は宿直室のドアを開けて——。

「ワッ!」

と、声を上げて飛び上がった。

目の前に——いや、足下に、何かがいたからである。

しかし、それは別にびっくりするほどのものじゃなくて……ただの三毛猫だった。

「人をびっくりさせやがって」

と、田口は口に出して文句を言った。「どこから入って来たんだ?」

しかし、三毛猫の方は、ちっとも恐縮している様子ではなく、ジロッと田口を見上げて、

「自分で勝手にびっくりしただけだろ」

とでも言いたげに、ヒョイと尻尾を振って、行ってしまった。

「――先生、どうかなさいました？」

田口の声を聞きつけたらしく、セツ子が足早にやって来た。

「いや、今ね、猫がいたんだ」

「猫ですって？」

「そうなんだよ、何だか小生意気《こなまいき》な顔をした三毛猫がそこに――」

と、目をやった方には、もう三毛猫の姿は見えなかった。

「何もいませんよ」

と、セツ子が大きな目をパチクリさせて言う。

そう。重さのことさえ考えなきゃ、セツ子だって、なかなか可愛いとこがあるんだよな
……。特にあの大きな目は――。

「例の男、どうだい？」

と、田口は訊いた。

「今のところ落ちついてます」

と、セツ子は言った。「意識は全然戻っていませんけど」

「そうか」

――ま、悪くないかな、と田口は思った。もちろん、入院している男の具合のことじゃな

くて、セツ子と大みそかの意味について、語り合うことを考えていたのである。

「どうだい」

と、田口は言った。「コーヒーでも作ってくれないか。二人で飲もう」

「はい」

セツ子の目の輝きは、（こんな日に夜勤になったかいがあったわ！）と言っていた。

田口はセツ子と一緒に宿直室へそのまま逆戻りすることになったのである。

しかし、あの三毛猫、どこから入って来たのかな、とドアを閉めようとして、田口はチラッと考えていた……。

そして——三十分ほどたった時。

バタン、とドアが思い切り叩きつけられるような音が廊下に響いたと思うと、

「待て！」

「逃がすな！」

と、大声が飛び交い、一人の男が廊下をダダッと駆けて来た。

その後から、さらに二人の男——プラス、猫一匹。

その三人と一匹は、どう見ても点滴を受けている老人たちではなかった。

「止まれ！」

と、追っている男の一人が怒鳴って、追われている方は——止まろうとしたのかどうか、

廊下が滑るので、いずれにしても止まることができなかった。

そして廊下はそこで行き止まりになっていて、わきの階段へ曲がるしかなかったのであるが、男は止まることも曲がることもできなかった。行き止まりのドアは宿直室のドアで、少々古くてたてつけが悪いせいか完全には閉まっていなかったのである。

「アーッ！」

と、男は声を上げて、そのドアにぶつかって行き、両手を前に突き出した。

ドアが大きく中へ開き、男はそのままの勢いで、宿直室の中へ突っ込んで行ったのである。

「キャーッ！」

「ワッ！」

ドシン、ガシャン。

——何ともにぎやかな音と声が入り乱れた。

「おい、石津！」

と、片山が言った。「他に誰かいるぞ」

「凶器を持ってますかね」

「ともかく、急いで——」

「ニャー」

真っ先にホームズが飛び込んで行った。

片山たちも、すぐに続いて宿直室の中へ駆け込んだのだが……。

インスタントコーヒーのびんやら、飲みさしのカップやらがのっていたらしいテーブルは引っくり返り、ついでに古くなって色の変わってしまったソファも、仰向けになったウミガメを思わせる、短い四肢と汚れた下腹を見せて引っくり返っていた。

その向こうから、やっとこ這い出して来たのは、若い、白衣姿の医師で……。なぜか必死でズボンを引っ張り上げていた。

「な、何事です？」

「警察の者です」

と、片山は言った。「意識不明の津山伸介を、犯人が殺しに来るんじゃないかと見張ってたんですよ」

「そんなこと……何も聞いてない！」

と、医師が顔を真っ赤にして言った。

「院長先生にはちゃんと了解をとりましたからね」

と、片山は言った。「おい、石津、引っ張り上げて来い」

「はい！」

「気を付けろよ。何か刃物でも持ってるかもしれない」

「分かってます！」

石津はソファ越しに手をのばすと、「おい出て来い！」

と、その腕をぐいとつかんで引っ張った。

「キャアッ！」

と叫んだのは——看護婦だった。

石津が間違って引っ張り上げたのだ。しかし——片山も石津も、ついでにホームズも、呆気にとられて、帽子以外にはあまり大したものを身につけていない、その看護婦を眺めていたのだった……。


「ああ痛い……」

おでこのこぶに冷たいタオルを当てながら、呻《うめ》いたのは、梶井努だった。

「自分で勝手に戸棚にぶつかったんだぞ」

と、石津が言った。

「分かってます。文句を言ってるわけじゃありませんよ」

と、梶井努は言った。「でも、断わっときますが、何も津山さんに危害を加えるつもりで行ったわけじゃありません」

「確かに、凶器らしいものは持ってませんでしたがね」

と、片山は言った。「その気になれば、枕を顔に押しつけて、殺すことだってできるんです。危害を加えるつもりがなかった、って証拠にはなりません」

トントン、と宿直室のドアをノックする音がして、

「あの——お茶をおいれしました」

と入って来たのは、さっきの看護婦である。

「どうぞ」

と、テーブルにお茶を置いて、

「先ほどは失礼しました」

照れて咳《せき》払いしているのは、片山の方だった……。

「——やれやれ」

梶井はお茶を飲んで、「ま、確かに疑われても仕方ない。それは認めます」

「梶井さん。もし、津山伸介に何もするつもりでなかったのなら、どうして、こんな夜中に、わざわざ〈ホテル金倉〉からここまでやって来たんですか」

「ニャー」

ホームズ一人、お茶がないせいか、文句を言っている（?）。

梶井は、ふっとため息をつくと、肩を落とした。

「——津山さんの具合が悪いことは聞いてましたがね。しかし、何か話が聞けるかと思って
……。彼女のことでね」

「津山信代の？」

「そうです。もちろん津山さんとゆっくり話したことはありませんでしたからね」

「しかし――あなたは津山信代の恋人だったわけだし、会って喜ぶとも思えませんがね」

「いや、私は訊いてみたかったんです」

と、梶井は言った。「津山さんが、自分の妻のことを――何人もの男と付き合っていたことを、知っていたのかどうかね」

「知ってどうするんです？」

「どうもしません。ただ――」

と、梶井は首を振って言った。「彼女が本当に愛していたのが誰なのか、分かるかもしれない、って気がしたものですからね……」

梶井は思い切れないのだ。相手が死んでしまった今となっても、なお。

片山は、ふと梶井に同情したい思いにかられたのだった。

「――あなたは、彼女が他の男と出歩いてるのを見たんでしょう」

と、片山は訊いた。「誰なのか、分からなかったんですか」

「ええ。ほんのチラッと――それも、明るい場所を歩いているのは、信代の方だけだったんですよ。男は暗がりを歩いていて、よく見えませんでした」

「亭主の津山じゃなかったんですね？」

「違います。それなら信代の様子で分かりますよ。夫と愛人じゃ、同じようにしているわけがありません」

「ということはつまり……」

「ニャー」

と、ホームズが、ふと慰めるような声で鳴いた。

「つまり……その時の信代は、私と一緒にいる時と、全く同じ様子だったんですよ」

まるで苦い薬でものみ込んだような表情で、梶井は言った……。


夫が動くのを感じて、相沢弓子は、目を開いた。つい、ウトウトしかけていたのだ。

「何だ、眠ってたのか」

と、相沢は言った。「そうだと分かっていたら、そっと起きるんだったな」

そう言われてから、弓子はほんの少し前まで、夫に抱かれていたのだと思い出した。それがあまりに自然で、特別なことと思えなかったのだ。

「いいの」

と、弓子は毛布を引っ張り上げて、息をついた。「私もシャワーを浴びたいから」

「先に?」

「あなた、先に。もう少しこうしてるわ」

「分かった」

相沢が、弓子の額に軽く唇をつけて、ベッドを出る。「――古いホテルってのは、広々としていて、気持ちがいいな」

「本当ね」

確かに、二人が泊まっているこのツインルームも、新しいホテルなら、充分にスイートルームほどの広さがあるだろう。天井も高いし、ベッドも二つ入っているものの、二人で充分一つに寝られるくらい大きかった。

バスルームから、シャワーの音が聞こえて来る。――弓子は、毛布の下で、そっと手を下腹の辺りに這わせた。

まだ相沢には話していないのだが、そこには新しい生命が――まだほんの小さな芽にすぎなかったが――育ちつつあった。

検査の結果を、つい四日前に聞いたばかりだった。すぐに夫へ話さなかったのは、特に意味があってのことではない。

この年末ぎりぎりまで、相沢は猛烈な忙しさだったし、ここへ来てやっと落ちつき、元気を取り戻したばかりだったのだ。

そう。――今はいい機会かもしれない。

相沢は何というだろう？　弓子には想像がつかなかった。

子供がほしい、という言葉を、相沢の口から聞いたことはなかったのだ。

電話が鳴り出して、弓子はびっくりした。

――もちろん、夜中でも電話がかかることは年中だが、こんな時にまで……。

出ないわけにもいかず、弓子はベッドから手を伸ばして、受話器を取った。昔ながらの重たい受話器（もちろんダイヤル式だ）である。

「――はい」

「あ、奥様ですか。申し訳ありません。ご旅行先まで」

聞きなれた声だった。

「野川《のがわ》さんね。主人、今、ちょっと――お風呂に入ってるの」

そう言って、弓子は自分で少し赤面した。野川は相沢の秘書で、なかなか有能な青年である。よく気が付くし、弓子も信頼していた。

「そうですか。いや、オーストラリアの合弁事業のことで、急なテレックスが入りまして。じゃ、改めて――」

「待って。もう出て来ると思うわ。野川さん、会社にいるの？」

「そうです」

「まあ。もう大みそかよ」

「どうせ独り者ですし、ここにいた方があったかいです」

と、野川は言って笑った。

「オーストラリアの件って、いつか、パーティの時にもあなたが電話して来た、同じ話でしょ？」

「パーティ……ですか」

と、野川は戸惑っている様子。

「そう。十一月の終わりごろだったかしら。あのマンションに大勢外国の方をお招きした日よ」

「あ、その日ですか、いや、その日は僕、札幌に行ってましたから。誰か他の奴でしょう」

と、野川は言った。

「でも――」

と、弓子が言いかけた時、相沢がバスローブをはおって、出て来た。

「何だ、電話か？」

「ええ……。野川さん」

「そうか」

相沢はすぐに受話器を受け取った。「俺だ……うむ。そうか。――まあ、そうびっくりすることもないな。予想はついていた」

まだ少しほてった顔で話していた相沢は、ちょっと送話口を押えて、弓子の方を見ると、

「シャワー、浴びて来いよ」

と、言った。

「え、ええ……」

弓子は、ベッドからスルリと脱け出ると、バスルームへと入って行った。

熱いシャワーを浴びながら、弓子の心の奥にまで、その熱は届かなかった。

小さな不安が、弓子の胸の底に芽生えていたのだ。——野川の言葉。

あのパーティの夜、夫を呼び出したのは野川ではなかった。しかし、弓子ははっきりと憶えている。

自分で電話を取った夫が、

「野川の奴だ。急な用事で出かけて来なきゃならん」

と、言って、「すまないが、お客の相手を頼むよ」

と、弓子の額にそっと、キスしてくれたことを……。

野川の記憶違いかもしれない。しかし、結婚前、相沢の秘書として働いていた何年かの間に、弓子は野川の、そういう記憶にまず間違いがないことを、知らされていた。

野川が正しいとすれば、夫はなぜ嘘をついたのか。そして、会社へ行かなかったとすれば、どこへ行ったのか……。

弓子はタオルで体を拭き、バスローブをまとって、バスルームを出た。相沢はちょうど電

話を切ったところで、

「全く、気のきかん奴だ」

と、笑いながら言った。

「でも、気の毒だわ。こんな日まで出社してるなんて」

「若いうちは、それも面白い経験さ」

と、相沢は伸びをして、「さて、湯冷めしないうちに寝るか」

「ええ……」

弓子は、「――あなた」

と、言いかけて、

「うん？　何だ？」

と、訊き返されると、ちょっと小さく首を振った。

「何でもないの。――おやすみなさい」

この夜、弓子は夫に妊娠を告げなかったのである……。

2

〈ニューイヤーズ・イヴ・パーティ。

本日、夜十時より、サロンにて。

ぜひ、お客様全員で、最後の新年を迎えましょう。

お待ち申し上げております。

金倉正三郎〉

「行く年、来る年、か」

と、片山はその貼り紙を見て言った。

「〈最後の新年〉って言葉が、意味ありげだわね」

晴美もホームズを腕の中に抱いて、片山の肩越しに、ロビーに貼られた、その〈お知らせ〉を見た。

「このホテルにとっては、確かに最後の新年になるわけだけど……」

「誰かにとっても、最後の新年になるのかもよ」

「おい」

片山は、ため息をついて妹を見ると、「楽しみにするなよ、事件が起こるのを」

「そう渋い顔しないの。早く老けるわよ」

「大きなお世話だ」

と、片山は言い返した。

朝のロビー。――客たちは朝食時間に合わせて、三々五々、集まって来る。そしてみんなその〈お知らせ〉を覗き込んで行くのだった。

「――年越しそばは出ますかね」

と、言ったのは、もちろん石津である。

「あら、石津さん、もう食べたの？」

「まだ開いてません」

それじゃ、いくら石津でも食べられないわけだ。

別にその声を聞きつけたわけじゃないだろうが、いつの間にやら金倉正三郎がそばにやって来ていた。

「申し訳ありません、開けるのが遅れまして」

と、嫌味にならない愛想の良さで言う。

「風間一人で頑張っているものですから、どうしても……。地元の奥さんたちに応援に来てもらっているのです」

「いえ、大してお腹が空いているわけじゃありませんので、ご心配なく」

と、気がひけたのか、石津は言ったが、とたんにお腹の方が裏切って、グーッと派手な音をたてた。

晴美はふき出してしまい、ホームズも手を叩いて喜んだ――かどうか。

石津は真っ赤になって、そっぽを向いた。

「もう五分もすれば開くと思います」

と、金倉は微笑みながら言った。

「このパーティ、楽しみですわ」

と、晴美が〈お知らせ〉の紙を指さして、言うと、

「ああ。何しろこのホテルが迎える最後のニューイヤーですからね。忘れられないものにしたいと思っています」

「何か特別の趣向でも？」

と、晴美が訊くと、金倉は、少しいたずらっぽい笑みを見せて、

「それは秘密にしておいた方が良さそうですね。楽しみが半減します」

「まあ、思わせぶりね。ということは、何かあるんですね」

「ええ。とっておきの趣向が」

と、金倉は軽く会釈をして見せて、「あと十数時間、お待ち下さい」

と、言った。

その時、ダイニングルームの扉が開いて、

「お待たせいたしました」

と、風間のよく通る声がロビーに響き渡った。「朝食の用意が整いました」

ロビーのあちこちで、朝刊を開いたり、TVのニュースを眺めたり、この辺りの地図をフロントでもらって見ていたり、思い思いにしていた客たちが、ゆっくりとダイニングルームの中へと入って行く。

きっと真っ先に入りたかっただろうが、石津は晴美の後に従って、ほとんど最後にダイニングルームへ入ることになった……。

「──旨いコーヒーだなあ」

と、片山は感心している。

「そうですね……」

石津は、コーヒーではあまりお腹の足しにならないので、いささか元気のない声を出していたが、

「お待たせしました」

と、風間がオムレツの皿を運んで来ると、急に表情が活《い》き活きとして来るのだった。

──もちろん片山も腹は空いていた。

しかし、食事をしながらも、どうにもいやな予感が、片山の心にまとわりついて、離れない。

「どうしたの?」

と、晴美が片山の様子に気付いて、「また誰かに振られたの?」

「どうしてこんな所で俺が振られるんだ?」

と、片山はむくれた。「ただ——今夜のことが心配なのさ」

「今夜のこと?」

「ほら、さっき金倉が言ってたじゃないか。特別な趣向がある、って」

「ああ、そうね。きっと福引きとか、そんなもんよ。カラオケの設備はないみたいだし」

「そんなもんなら、俺だって心配しないけどな」

「年越しそばのことじゃないんですか?」

と、石津が言った。

「ともかく、金倉は何か目的があって、このメンバーを集めてるんだ。それを忘れるな」

「分かってるわよ。でも……」

晴美は、ダイニングルームの中を見回した。「この中に、十年前、その女の子を殺した犯人がいるっていうの?」

「小さな声で」

と、片山は注意した。「もしいるとしたら?」

「相沢肇って、かなりやり手の社長なのよね。奥さんの弓子さんは、元相沢さんの秘書で、結婚してまだ三カ月」

「よく知ってるな」

と、片山が目を丸くする。

「私の情報収集能力を知らないの？　――あの、やたら元気な二人の子、収君とルミちゃんの両親は、確かに十年前、ここにいたのよ。船田悠二も、中規模な企業の社長。奥さんは明美さん。二人は十年前ハネムーンでここに泊まってた」

「そう……。そして梶井加代と、息子の努」

ゆうべ、津山伸介の入院している病院で大騒ぎを演じた梶井努も、ホテルに戻って、今は母親と二人で食事をしている。

「それで六人……。あ、相沢弓子さんは別か」

「しかし、いた可能性もないわけじゃないぞ」

と、片山はオムレツを食べながら言って、石津の皿へ目をやり、すでに空っぽになっているのを見て、目をみはった。

「それと……。津山伸介？」

「列車の中で、それらしいことを言ってた。そして殺された妻の信代も、いたのかもしれない」

「津山信代が殺されたのも、十年前の事件と関係があるのかしら」

「どうかな。――津山の奴、そうは言わなかった。犯人が自分じゃない、ってことと、男関係のもつれで殺されたんじゃない、と言っただけだ」

「じゃ、一体動機は何だったのかしら？」

「さあな。――もちろん、津山がでたらめを言ったってことも考えられる」

「でも、そんな嘘をつく？　自分がやってない、って言うだけなら、他の言い方があるんじゃないかしら」

「晴美さん」

と、突然石津が真面目な口調で言った。

「なあに？」

「今年も色々お世話になりました」

「――どういたしまして」

「オムレツが冷めます。早く食べた方が」

「ありがとう……」

晴美も、時として石津の発想について行けなくなることがあるのだった。

しかし、と片山は思った。――十年前に、一体何が起こったのだろう？

もし、本当に金倉正三郎の娘を殺した犯人がこの客たちの中にいたとして、動機は？

ピアニストを目指す少女を、一体ただの客が殺したりするものだろうか。しかも、そんなこった方法で。

いや――何か、この事件には裏があるのだ。

十年ぶりに集まった客たち。そこには何か、別の目的があるのではないか。

どう思う、ホームズ？

片山が見下ろすと、やはりオムレツの小片を皿にもらっていたホームズが、ちょうど食べ終わって、片山を見上げた。

そうだよ。——何のためにここへ来たと思ってるんだ？

ホームズはそう言っているようだった。


カチリ、と音がした。

ピアノの鍵盤の蓋が開けられると、真っ白ではなくなった鍵《キー》が現われて、鈍く光っていた。

「このピアノは——」

と、金倉正三郎は言った。「ここへ来た時、すでに新品ではありませんでした」

金倉の、老いた指がポーンと一つのキーを叩いた。音がサロンの中にゆっくりと広がって行く。

「いい音だわ」

と、晴美は言った。「このサロンも、よく響くんでしょうけど」

「手造りのスタインウェイです。きっと、元は何千万という値だったでしょう」

サロンには、金倉老人の他に、片山たち四人——三人と一匹しかいなかった。

みんな朝食後の散歩やサイクリングに出ているのだ。大みそかにしては、よく晴れて風もなく、暖かい日だった。

「このピアノは、誰から買ったんですか?」

と、片山は訊いた。

「この近くに、別荘を持っておられた、ある有名なピアニストの方からです」

と、金倉は言った。「このホテルをよくご利用いただきましてね。その方があの子の才能を認めて、教えて下さったんです」

「そうだったんですか」

「その方は、もう引退されました」

と、金倉は言った。「その時、このピアノを、娘に、と下さったんです」

「じゃ、タダで?」

と、石津が仰天して、「もったいない!」

つい口を滑らし、晴美の肘《ひじ》でいやというほど突っつかれた。

「その時、先生は、ピアノをちゃんと新品同様に使えるよう、直して下さいました。ですから、見たところ新品ではありませんが、中の部品などは、かなり新しいのです」

「なるほど。——何かの事故ってことはあり得ないんでしょうね」

「はっきり毒物が検出されたんですから」

と、金倉は首を振って、「信じられないことですが、誰かが、あの子を殺したのです」

言葉は落ちついていたが、辛《つら》そうに眉をひそめた。

「十年前の、その事件について、なんですが——」

と、片山は言った。「ここに招待された人たちは、みんなその場に居合わせたわけですか」

「その通りです」

と、金倉は肯いた。「そして私の娘を殺した犯人でもあるんです」

片山も晴美も、大して驚きはしなかった。おそらく金倉がそう考えているのだろうとは見当がついていたのである。

ホームズが、グランドピアノの下に入って、何を見ているのか、歩き回っている。

「しかし、金倉さん」

と、片山は言った。「どうしてそんなことが分かるんです？　このピアノはずっとこのサロンに置いてあったわけでしょう。誰にでも触れたはずじゃありませんか」

「ところが、そうではないのです」

と、金倉は言った。「このピアノは、あの事件の前日にここへ運ばれて来たのですよ」

「しかし、一晩はここにあったわけで——」

「夜の間に、あの針が仕掛けられたはずはありません」

と、金倉は首を振って、「これをあの子が弾くのは、あの時が初めてでした。そして、あの日の昼間、調律師が来て、ピアノの調律をしているのです」

「調律か。——なるほど」

「もし、その時に毒針が仕掛けられていたとしたら、調律の時、見付からないはずがありません。つまり、針が仕掛けられたのは、調律がすんだ後、ということになります」

「すると、その後、このサロンには——」

「調律師が帰ってから、このサロンにお客が集まり、あの子がやって来て演奏をする。その間、一時間ほどの時間しかなかったのです」

「一時間あれば、誰かが出入りできたのでは？」

「ところが、ご覧の通り、このサロンの入口は階段の踊り場の下をくぐって来るようになっています。そこを通ると、必ず、フロントの人間の目に触れるのです。あの日、フロントには風間がいました。そして、調律師が帰った後、お客たちがやって来る間に、サロンへ出入りした人間は一人もいない、と断言しています」

「確かですか」

「もちろん。——風間は優秀な男です。いい加減なことは言いません」

片山は少し考えて、

「窓は？　窓から誰か忍び込んだ、とは考えられませんか」

「ご覧いただけば分かりますが、窓はどれも相当に古いもので、普通の力ではとても開けられるものではありません。十年前も、まったく同じ状態だったんです」

と、金倉は手で窓の方を示して、「無理にこじ開けたとしても、凄い音がしたでしょう。フロントの風間に聞こえないわけはありません」

「なるほど。すると、確かに、誰も外部の人間は入れなかった、というわけですね」

と、片山は肯いた。

「夕食前の時間でした」

と、金倉は、ふと遠い過去へ思いをはせている様子で、目を天井の片隅へと向けた。「宿泊していたお客たちにも、娘がピアノを弾くことは話してありましたので、その時間になると、ほとんどのお客が揃っていました」

「でも――」

と、晴美が言った。「みんなのいる前で、そんな仕掛けができたのかしら」

「ここへ集まった方々は、皆さん思い思いに色んなことをしておられます」

と、金倉は両手を広げて見せた。「新聞を見ている方、立って窓の外を眺めておられる方、置いてある雑誌をめくっておられる方……。お互い、誰が何をしているか、気に止めていないのが普通です」

「それはそうかもしれないな」

「ピアノは、その日が初めての『お目見え』だったわけです。近付いて見る人がいても、少しも不自然ではありません」

「なるほどね」

と、晴美も肯いて、「その時、泊まっていたお客を、今、全部招いてあるんですか?」

金倉は、一人ずつ、指を折っていった。

「船田悠二様。結婚したばかりの明美様。もちろん、二人のお子さんはまだいらっしゃいませんでした。それから、相沢肇様。——若いやり手の実業家として、かなり知られた方でした。そのころは独身でいらしたんですが。それから梶井加代様。いかにもこういうホテルにふさわしい方でした。今はかなりご苦労されておいでのようですが、もともとはこの近くの出で、名家のお嬢様だったということです」

「まあ。知らなかったわ」

と、晴美が目を見開いた。

「それが今はあのアパートに——」

と、石津が言いかけて、ジロリと片山からにらまれ、あわてて口をつぐんだ。

「梶井加代様と、息子の努様もご一緒でした。それから——今度、お招きして、残念ながら応じていただけなかったのは、津山様です。もちろんご主人の方ですが」

「津山伸介ですね。しかし、ここへ来ようとはしていましたよ」

と、片山は言った。「彼も十年前のことを、考えていたんです」

「奥様が殺されたとか。——お気の毒なことです」

と、金倉は目を伏せた。

「——集まっていたのは、それだけですか」

片山の問いに、金倉が初めて少しためらいを見せた。

「実は、もう一人、お客がありました」

「誰ですか」

「それが分からないのです」

金倉は首を振った。「若い女の方で——たぶん、二十四、五歳だったと思います」

「記録はないんですか？」

「もちろん、当たりました。しかし、フロントでその女性の書いた名前や連絡先は、実在しなかったのです」

片山と晴美は、思わず顔を見合わせた。

「——もちろん、偽名で泊まられる方は、珍しくありません」

と、金倉が言った。「みなさん、色々な事情を抱えておいでです。ホテルの側としては、身分証明書の提示を求めることまではできませんし」

「すると、その若い女性一人だけが、今度の招待に洩れている、というわけですね」

「その通りです。ただ、記録では、その女性は、事件のあった日に、このホテルへ入られています。ですから、まず、犯人ということはあり得ないと思うのですが」

「しかし、それを言うなら、他の客もそうでしょう。あなたの娘さんに恨みを抱く理由があったんですか？」

「いえ、見当もつきません」

と、金倉は首を振って、「しかし、それでいて、その中に犯人はいるはずなのです」

——しばらく、誰も口をきかなかった。

重苦しい沈黙の中、時間がまるで少しずつ逆戻りして行くかのように、片山には感じられた。

すると——ホームズがちょっと腰を落とし、身構えたと思うと、フワリと身を宙へ躍《おど》らせて、鍵盤の上に下りたのである。

ガアーン、と不協和音がホールの中に鳴り響き、誰もが飛び上がりそうになった。

「ホームズったら！　だめじゃないの」

と、晴美があわてて言った。

「いや、そうじゃないさ」

と、片山は言った。「ホームズは、何か言いたかったんだと思うよ」

金倉老人が、不思議そうな目で、ホームズを見ている。

すると——サロンの入口の所から、声がした。いつの間にやら、風間が立っていたのだ。

「失礼いたします」

「何だね」

「先生の到着される時刻です。お迎えに行って参ります」

「おお、そうか」

金倉は古い柱時計に目をやった。「じゃ、頼むよ」

「先生というと?」

と、片山が訊く。

「このピアノを下さった、娘の先生です。——今日、その方も加わっていただくことになっています」

と、金倉は言った。

「今年、最後のお客ですね」

と、晴美が言うと、金倉が訂正した。

「このホテル、最後のお客様です」

3

「ちょっと待ってくれ!」

と、後ろの方から、夫の声が聞こえて、弓子は軽く、自転車のブレーキをかけた。

「待ってくれよ！　――そんなに飛ばすな」

と、相沢はやっと追いついて来た。

「オーバーね」

と、弓子は笑って言った。「普通にこいでるだけじゃないの」

「しかし……。こっちの年齢《とし》を考えてくれよ」

と、相沢は少し哀れっぽい声を出した。

もちろん、わざとである。――弓子は自転車を止めると、

「じゃ、おじいさん、少し休んで行く？」

と、いたずらっぽく訊いた。

「そうするかね、おばあさん」

と、相沢も応じて笑った。

大した距離を走ったわけではなかったが、それでも二人は少し息を弾ませていた。

林の中、もちろん冬枯れの、隙間だらけの枝が、網目のように青空を区切っていたが、そう寒くはない。むしろ二人とも少し汗ばんでいるくらいだった。

「――こんな時季に、サイクリングができるなんて思わなかったわ」

と、弓子は言った。

「寒いことは寒いんだ。風邪を引かないでくれよ」

吐く息は、もちろん白くなる。何といっても、大みそか。そしてここは山の中、と言ってもいい場所なのである。

しかし、弓子は、「風邪を引くな」と言われてドキッとした。

「どうしてそんなこと言うの？」

と、つい訊いている。

「どうして、って……。風邪を引きたいのか、君？」

相沢の方が戸惑っている。

「そうじゃないけど」

自転車を木立ちにもたせかけて、二人は林の中をのんびり歩き出した。

すぐに、少し開けた場所に出る。火でも燃やした跡なのか、空き地の中央がこげたような色になっていた。

「――しかし、穏やかな正月になりそうだね」

と、相沢が空をまぶしげに見上げる。

「あなたの恋人がラブコールを送って寄こさなきゃね」

「何のことだ？」

「あなたの愛しいテレックスちゃんのこと」

と、弓子はからかった。

「何だ。誰のことを言ってるのかと思った」

「ドキッとした?」

「するもんか。心当たりなんかない」

「本当?」

「当たり前だ」

相沢の、力強い腕が弓子の肩を抱く。弓子は、夫の方へ身をもたせかけた。

胸が、キュッとしめつけられる。——私は何てこの人を愛しているんだろう!

ゆうべ、秘書の野川からの電話で、夫のことを疑ったりした自分が、馬鹿に思える。大したことじゃないのだ。

野川だって、思い違いをすることはあるだろうし、自分が、夫の言葉を聞き違えたのかもしれない。そう、きっとそうに違いない……。

「あなた」

「何だ?」

「いい所ね」

「そうだろ? ま、あのホテルには、いささか辛い思い出もあるがね」

「その、十年前に殺されたっていう……」

「ああ。――全く、世の中にゃ、信じられないような人間がいるもんだ」

と、相沢が首を振って言った。「人の命を何とも思わないような奴がな」

「怖いわね」

「僕がついてるさ」

「私たちを守ってくれるわね」

「――私たち？」

「私と……ここにいる、もう一人」

弓子がそっと下腹に手を当てると、相沢が目を見開いた。

「おい……。確かなのか？」

「検査済み」

「どうして言わないんだ！」

「だって、あなた、忙しそうだったから」

と、弓子はわざと言った。

「馬鹿言うな！　さ、ホテルに戻ろう」

「出て来たばっかりよ」

「ちゃんとあったかくして寝てなきゃだめだ」

「風邪引いたわけでもないのに……」

ホッとした笑いでもあった。果たして、夫が喜んでくれるのかどうか、不安があったからだ。

　と、弓子は笑った。

「あら——」

　と、弓子は目を丸くした。

　木にたてかけておいた自転車が一台しかない。そして、そのそばに、ふくれっつらで立っているのは、船田ルミだった。

「どうしたの、ルミちゃん」

　と、弓子は訊いた。

「お兄ちゃんが、乗ってっちゃった」

　と、ルミは怒っている。

　確かに、ルミには大きすぎる。

「あら、困ったわね。ホテルに返さなきゃいけないのよ」

「帰って来た」

　と、ルミが指さす。

　林の中の道を、船田収が、相沢の自転車に乗って帰ってくるところだった。

「お兄ちゃん！」

と、ルミが大声で言った。「返すんだって！」

「やだよ！」

収が、言い返すと、途中で向きを変えた。林の中へ乗り入れると、

「後で返す！」

と、叫んだ。

それを見送っていた弓子が、ハッとした。

「危ないわ」

「え？」

「あの先――池がある。下り坂よ。もし落ちたら……」

「本当か？」

「あなた、追いかけて！」

相沢が、もう一台の自転車に飛び乗ると、木の間を巧《たく》みにすり抜けながら、収を追いかけて行った。

「――おい！　待て！」

と、怒鳴っている。

「行きましょ」

弓子はルミの手を取って、小走りにその後を追った。

「お兄ちゃん、危ないの？」

「分からないけど——もしかしたら——」

と、言いかけた時だった。

木立ちの奥から、

「助けて！」

と、叫ぶ声がした。

「お兄ちゃんだ」

「ここにいて！」

ルミを残して、弓子は駆け出していた。


「すみませんね」

と、風間が言った。

「いいえ、どうせすることもありませんし。ね、石津さん」

「ええ。晴美さんのおっしゃる通りです」

「助かります。何といっても、本来が力仕事をしつけていないものですから」

風間は、いつも通りの愛想のいい笑顔を見せた。

車を運転しているのは風間。——晴美は後ろの席に、石津は助手席に座っていた。

駅まで、例のピアノの「先生」を迎えに行くところである。

風間が、荷物運びの手伝いを、恐縮しながら石津に願い出た。それを聞いて、なぜか晴美が即座に承知して、一緒について来たというわけである。

「――風間さんは、今夜のパーティのこと、『特別な趣向』って何だか、聞いてる?」

と、晴美が訊いた。

「さあ……。金倉さんは、とても紳士的で、いい方ですが、あまり心の内を打ち明けられませんので」

と、風間は微妙な言い方をした。

「そう。――十年前の事件のせいかしら?」

「それもあります」

と、風間は肯いた。「しかし、もともと、そういう性格の方です。それが、あの事件でひどくなった、ということでしょう」

晴美は、少し間を置いてから、言った。

「一つ、訊いてもいい?」

「何でしょう?」

車は、やがてあの見落としそうな、小さな駅に着こうとしている。

「亡くなった子――金倉可愛といったわね」

「さようです。名の通り、可愛いお子さんでした」

「母親は？」

風間は、車のスピードを落とし、駅前に寄せて停めた。

「ちょうどいい時間です」

と、腕時計を見る。「あと数分で列車が来ます」

そして、晴美の方を振り返ると、

「奥様は姿を消してしまわれたんです」

と、言った。

「何ですって？」

「泊まり客だった、若い男と二人で。ま、駆け落ちした、というわけです」

「まあ……」

「年齢も離れていましたし、仕方のないところもあるにはあったんですが」

「それ――いつのこと？」

「お嬢様が七つか八つのころではなかったでしょうか。少し子供も手を離れ、時間ができたせいかもしれません」

「で、その母親は、それきり？」

「はい。金倉さんも、捜そうともなさいませんでした。――私の知っている限り、奥様から連絡があったことはないと思います」

「色々複雑なんですね」

と、石津が感心すると、晴美が、

「そうよ。人生って、そんなものなのよ」

と、やや哲学的な表情で言った。

もし、ホームズがここにいたら、きっと、何か一言言ったに違いない。もちろん、「ニャー」としか聞こえなかっただろうが。

「風間さん」

と、晴美は言った。「あなたも、金倉さんが今招いているお客が、十年前の事件の時にいた人たちだってことは、知っているんでしょ？」

「はい、存じております」

「本当にあの中に、犯人がいると思う？」

風間の返事までには、少し間があった。そして、風間は、捉《とら》えどころのない笑みを浮かべると、

「私は、ただのホテルマンですので」

と、言った。「金倉さんのなさることに、口を出す立場ではございません」

「でも――」

と、晴美が言いかけた時、ゴトン、ゴトン、という音が三人の耳に届いて来た。

「列車が参りました」

と、風間が言った。

三人は、無人の改札口へと歩いて行くと、列車が、やれやれ、という様子でホームに辿りつくのを眺めていた。

「――そのピアノの先生は、何という人なの？」

と、晴美は訊いた。

「赤石《あかいし》先生とおっしゃいます。もう――七十歳を越えておいででしょう」

列車が、一揺れして停まった。風間がホームへと入って行き、晴美たちもそれについて行った。

「――どこかしら？」

誰も、降りる客はないように思えた。

「乗っておられるはずですが……」

と、風間が少々戸惑い気味に言った時、列車からホームへ降り立った男性がいた。

「赤石先生！　――お久しぶりでございます！」

と、風間が駆け寄る。

「風間さんか。いや、変わらないね」

「とんでもございません。先生こそ。──お荷物は」

「うん。そこへ置いてある」

石津が駆けつけて、さっさと大きなスーツケースを二つ、ホームへ下ろした。

晴美は、「七十を越えている」はずの、その紳士が、どう見ても六十前後──金倉よりずっと若く見えるのに、感心した。

えりに毛皮のついた、洒落《しゃれ》たコートをはおり、白髪を豊かに波打たせて、真っ直ぐに背筋を伸ばして立っている様子は、若々しく、彫りの深い顔は、どこか西洋人の血が混じっているのかと思わせた。

「じゃ、先生、参りましょう」

と、風間が歩き出すと、

「いや、待ってくれ」

と、赤石が、よく響く深い声で言った。「連れがいるんだ。──早くしないと、発車してしまうよ」

と、列車の中へ声をかける。

「どなたかご一緒で……」

「そうなんだ。あのホテルを見せてやりたくてね。──早くしなさい」

列車の中から、

「だって、コートが……。待って！　まだ発車しないでね！」

と、甲高い、女の声が返って来た。

いや、それはどう聞いても「女の声」というより、「少女の声」だった。

「石津さん、荷物を」

と、晴美が言った。

「はい、はい」

石津は、中から差し出された、もう一つのスーツケースを、軽々と受け取った。

「ごめんなさい！」

ピョン、とホームへ、弾けるように飛び出して来たのは――体こそ大きいが、どう見ても、十三、四にしか見えない、髪の長い少女だった。

目がクリッと大きく、ふっくらと丸顔の、あどけない感じの女の子だ。

風間が、ちょっと戸惑った様子で、その場に立ち尽くしている。ベテランのホテルマンらしからぬ反応だった。

「――僕の弟子でね」

と、赤石が少女の肩を軽く抱いて、言った。「一ノ瀬《いちのせ》ユミだ。一部屋、用意してやってくれるかね」

「はい、もちろんでございます」

と、風間がやっと我に返った様子で、「先生のお隣りのお部屋でよろしいですね」

「でも、おっきいベッドのある部屋にしてね」

と、その少女が言った。「私、ものすごく寝相が悪いの。普通のベッドじゃ、落っこちちゃう」

「かしこまりました」

風間は微笑んで、「では、参りましょう」

と、先に立って歩き出す。

一ノ瀬ユミという少女は、赤石の腕につかまるようにして、歩き出した。足取りはほとんどスキップするようで、見ている晴美が、つい自分もそれに合わせてしまいそうになるのだった……。

4

片山は、部屋で居眠りをしていた。

といって、さぼっていた、と責めるわけにはいかない。何しろ、まだここでは事件が起こっていないのである。

ホームズは、部屋を出て、ホテルの中を歩き回っている様子だった。

片山は、別に眠るつもりもなく、ベッドに横になっているうち、いつしかウトウトしていたのだった。

――全くね。

片山は、半分眠りつつ、考えていた。正月休みだっていうのに、のんびりできないんだからな。

もちろん、ここで何も起こらない、ということだってあるわけで、その場合は、いとも優雅な休みをとった、とも言えるだろう。

しかし、残念ながら、片山の第六感（悪いことに関してはよく当たる）は、何も起こらないはずがない、と告げていた。

はっきりした根拠があるわけではない。しかし……何というか、今の状況はどこか不自然で、妙なところがある、という気がしてならなかった。金倉の態度にしても、そうである。

――ん？　誰かがこっちを覗き込んでいるような気がして、片山は目を開けた。

まるで見たことのない、少し薄汚れた感じの初老の男が、ベッドのわきに立って、片山の上から覗き込んでいる。片山はびっくりして、

「ワッ！」

と、飛び起きた。

「や、失礼。びっくりしましたか」

と、その男は、おっとりした調子で、言った。

「そりゃ、そうですよ！　――あんた、誰です？」

「私は三田《みた》といいます」

と、古ぼけたオーバーを脱いで、男は言った。

その下も、古ぼけた背広だった。

「しかし――どうやって入って来たんですか？」

片山は、息をついて、言った。

「ドアの鍵、開いてましたよ」

「え？」

そうか。――ここは、最近のホテルと違って、自動ロックじゃないんだ！

うっかりして、ホームズが出て行ってから、ロックしなかったとみえる。

「ノックしたんですが、ご返事がないんで、入って来たんです」

「ウトウトしていて……。で、僕に何のご用です？」

「栗原さんという方は……」

「課長のことですか」

「ええ。お電話をいただきまして。片山という人の所に行って、十年前の事件について、話してやってくれないか、と」

「すると……。警察の方ですか」

「元、刑事です」

と、三田という男は言った。「三年前に退職しまして、今はペンションなど経営しております」

「そうですか……。いや、どうも失礼しました」

片山も、やっと目が覚めて、ソファに腰をおろした。「こんな大みそかに、すみませんね。うちの課長は、休みってものを世の中から抹殺したいと思ってる人間ですから」

「いや、どこも上役はそんなもんです」

と、三田はニヤリと笑って言った。

五十代の半ば、というところか。なかなか人の好《よ》さそうな印象である。

「十年前の事件を担当されたんですね」

と、片山は言った。

「ええ。忘れられませんね。何しろ、この辺は平和そのものでして、あんな事件、後にも先にも、あれっきりでしたから」

片山は、部屋に置いてあるポットでお茶を淹れると、三田に出し、自分でも飲みながら、

「憶えておられる限りで、その事件のことを話していただけますか」

と、言った。

しかし、三田の話は、金倉の説明に、大して新しいものを付け加えはしなかった。

「――金倉さんはこの辺りでは名士の一人ですし、私など、一介の刑事で、質問するのにも気をつかっていたくらいですよ」

と、三田はのんびりした口調で言った。

刑事をやめたから、そんな呑気なしゃべり方になった、というわけではないようだった。きっともともとこうなのだろう。

東京や大都会で駆け回る刑事に比べると、確かにおっとりしたものである。

「――結局、犯人の見当がつかないまま、捜査本部も解散してしまいましてね」

と、三田は言った。「今度、こちらが閉めると聞いて、またあの事件を思い出していたところなんです」

「そうですか……。毒物も針も、結局、どこから手に入れたのか分からなかった、と……」

「そういうことです。鑑定を依頼された大学の方でも、困っていたようですね」

「なるほど」

確かに、「専門家」というものは何でも知っている、と素人は思いがちだ。しかし、「何でも分かる」なんて百科事典みたいな人間は、いやしないのである。

「一つ、うかがいたいんですが」

と、片山は言った。「客の中に若い女性が一人いた、ということなんです。金倉さんが調べても、本名で泊まっていなかったので、身許《みもと》が分からなかったということなんですが。

——その女性のこと、ご記憶じゃありませんか」

三田は、しばらく顎《あご》をなでて考え込んでいたが、

「——そういえば、一人だけ、事件の後、すぐにこのホテルを出てしまった女性がいましたね」

と、肯いた。「そう、思い出しました。現場に居合わせた人たちは全員、話をうかがってね。ハネムーンで来ていた二人など、ずいぶんむくれてましたが」

それは船田悠二と明美のことだろう。

「若い女が、事件の後の騒ぎがおさまってみると、もうホテルを出てしまっていたんです。確か、キーをフロントのカウンターに置いて、出て行ってしまったようですな」

「すると、その女の身許は——」

「分からずじまいです。もしや、とも思ったんですが、確か事件の直前に来たばかりで、しかも、金倉さんとも何の関係もないらしい。結局、人目をさけたくてやって来たのに、あんなことが起こって、また逃げ出したんだろう、ということになりました」

「なるほど」

「芸能人か何かだったんじゃないか、とか言ってましたが」

——片山の知りたかったことは、その女の身許だったのだが。

その女が、相沢弓子、あるいは津山信代だった可能性があるのではないか、と思ったのである。

結局、その可能性もなくなったわけではない。——要するに大した進展はなかった、ということである。

「わざわざすみませんでした」

と、片山は礼を言った。

「どういたしまして。大してお役にも立てませんで」

三田を送って、片山は部屋を出ると、階段を下りて行った。

途中の踊り場から、ロビーを眺めると、ホームズが革ばりのソファにのんびり寝そべっているのが見えた。——三田も、そこで足を止めると、

「いや、こんなホテルはもう二度とできんでしょうな」

と、ため息をついた。「真新しいペンションも、新しいうちはいいんですが、十年もたつと、もうずいぶん古ぼけてしまうんですよ。——時間がたてばたつほど、味の出て来る、こんな建物がなくなるのは、惜しいですなあ」

ふと、片山は、このホテルと土地は、金倉のものだろう、と思い付いた。金倉に万一のことがあったら、誰が継ぐのだろう？

もちろん、坪何千万という値ではないとしても、これだけの敷地となれば大変な財産にな

るはずだ。——そのことと、事件と何かつながりが……。

その時だ。ロビーへ凄い勢いで駆け込んで来たのは、相沢だった。両腕にかかえているのは男の子——船田収らしい。

「池に落ちたんだ！　早く、体をあっためて！」

と、相沢が大声で言うと、船田明美がサロンから飛び出して来た。

「まあ！　収！」

「奥さん、大丈夫です。溺《おぼ》れたわけじゃありません」

と、相沢は息を弾ませて、「私の自転車に乗っていて、池に突っ込んでしまったんです」

「まあ、何てこと……。ありがとうございました！　あなた！」

明美の金切り声に、夫が二階から下りて来て、片山のわきをすり抜けて行った。

「どうしたんだ？　——全く、気を付けなきゃだめじゃないか」

「あなた、かかえて。私、お風呂にお湯を入れるから。——あら、ルミは？」

「大丈夫です」

と、相沢が言った。「家内と一緒ですから。今、追っつけやって来ます」

「まあ、すみません本当に……。あの、後で改めてお礼を——」

と、言いつつ、明美は、収を抱きかかえた夫の後を追って行った。

片山はロビーへ下りて行くと、

「一体どうしたんです?」

と、訊いた。

「いや、どうも、妙なことでしてね」

と、相沢は少し低い声になった。「これは——他の人にはちょっと」

「分かりました。でも、あなたも濡れてますよ」

「ええ、これぐらい大したことはありませんよ」

二人はサロンに入った。中には誰もいない。

「——家内と自転車に乗っていましてね」

と、相沢は言った。「ちょっと休んで、木に立てかけておいたのを見付けて、あの子が乗って行ったんです。下り斜面で、先は池になっていて……。ところが、ブレーキが効かなくなっていたんですよ」

「ブレーキが?」

「自転車は池の中にほとんど沈んでしまっています。でも、あの子を助け上げた時、チラッと見えただけですが……。どうも何か細工をしてあるのじゃないか、と思えたんです」

「じゃ、誰かが……」

「もちろん、自動車のブレーキじゃありませんからね。命にかかわるということはないかもしれないが、木にでもまともにぶつかれば、大けがもしかねない」

それはそうだ。——しかし、一体誰が？

「ま、私にそんなことをする人間なんて、見当もつきませんがね」

と、相沢は、至って落ちついている。

「——あなた」

と、声がした。

相沢弓子が、ルミを連れて立っている。

「やあ、戻ったのか」

「収君は？」

「今、部屋で、お母さんが風呂へ入れてるだろう。僕も、着がえるよ」

「じゃ、部屋へ行きましょう。ルミちゃん、お兄ちゃんが大したことなくて、良かったわね」

「ウン」

と、ルミは肯いた。「お兄ちゃんに、ルミのおこづかい、百円貸してあるんだもん」

相沢弓子はふき出してしまった。

「——そうだ。弓子、君……」

と、相沢が言った。

「何？」

「ここは初めて来た、と言ってたろ?」

「そうよ」

「しかし、あの子が自転車で林の中へ入って行くのを見て、その先に池があるって、良く知ってたな」

弓子は、片山の方をパッと見て、

「それは——あの時、ちょっと——見えてたのよ。そう、見えてたの。気付かなかったの?」

明らかに、うろたえている。

しかし、相沢は大して気にしていない様子で、

「ま、いい。さ、部屋へ戻ろう。靴の中も水びたしで、かなわないよ」

と、弓子を促した。「それに君はもう自転車に乗っちゃいけない。大事な体なんだ」

「分かったわ」

と、弓子が素直に肯く。

「おめでたですか」

と、片山は訊いた。

「この年齢《とし》で父親というのも、照れくさいもんで」

と、相沢が照れたように笑った。

――今の弓子の様子。どう見ても、はっきりしている。

相沢弓子は前にここに来たことがあるのだ。

片山が相沢たちについて、ロビーへ出ると、ホテルの正面玄関から、石津が大きな荷物をかかえて入って来た。

「ご苦労だな」

と、片山は言った。「晴美は？」

「今、お客様と一緒に」

「どうぞ」

と、風間が扉を開けて押える。

入って来たのは――十三、四歳に見える少女と、どこか堂々たる風格を感じさせる紳士である。

相沢が、足を止め、その少女に見入っている。――少女は、一向に気おくれする様子もなく、ロビーの奥へと入って来ると、

「ずいぶん老けたホテルだ」

と、大きな声で言った。「でも、先生にゃぴったり」

「口の悪い奴だ」

と、老紳士は笑って、「私は赤石と申します。ピアノ教師でして」

と、相沢や片山たちに向かって、挨拶してから、少女の肩に手をかけ、

「これは私の弟子で、一ノ瀬ユミです。今夜、皆さんに演奏を聞いていただくことになっています」

「よろしく」

少女はピョコンと頭を下げて、「でも、ギャラは出ないの。先生、ケチだから」

「こら！　――風間さん、部屋へ。何を言い出すか分からんからね、この子は」

「はい、ただいま」

と、風間が急いでフロントのカウンターの中へ入る。

――片山は、一人でロビーに残っていたが、

「お兄さん」

と、晴美がやって来て、我に返った。

「お前か」

「何、ぼんやりしてるの？　いつものことだけど」

「一言余計だ」

片山は、晴美をちょっとにらんで見せてから、相沢たちの自転車のことを、話してやった。

「へえ」

ロビーの革ばりの椅子に腰をかけて、晴美は肯いた。「いよいよ何か始まったのね」

「お前はすぐ喜ぶ」

「喜んじゃいないわ。張り切ってるだけよ」

「ニャー」

「ホームズ。お前、どこをふらついてたんだ？」

「ニャン」

失礼な、というようにホームズは鳴いた。

「それより、あの女の子、面白いと思わない？」

「相沢がびっくりして見てたな。十年前のことを思い出したんじゃないか」

「わざわざ同じくらいの年齢の女の子を連れて来たのは、金倉さんの頼みなのかしら」

「かもしれないな。——しかし、一体何がどうなってるんだか……」

そこへやって来たのは、梶井努だった。

「やあ。何か騒いでましたね」

「ずっと部屋に？」

と、晴美が訊いた。

「お袋が眠ってたんでね。そっと出て来ました。——未だに、僕があの女を殺したと思ってる。かないませんよ」

と、梶井は苦笑した。「時に、津山さんの様子は？」

「相変わらずのようですね」

と、片山は言った。「殺人者も現われないし、意識も回復しない」

「そうですか……」

「梶井さん」

と、晴美が言った。「こんなこと訊いちゃおかしいかもしれないけど……。津山信代って人、そんなに魅力的な人だったんですか？」

梶井は、しばらく考え込んでいたが、

「そうですね……。一般的に言って、パッと目につく女じゃなかったんです。でも――まあ惚れれば確かに。誰だって、そうでしょうけど」

「つまり、何人もの男に惚れられるって、普通じゃないと思うんです。少なくとも、惚れられる機会も必要でしょう」

「それはそうですね。考えたこともなかったけど」

「少なくとも、ご主人は普通のサラリーマンでしょ。そんなに目立つ、派手な感じでもない奥さんが、どうして――」

と、晴美が言いかけた時だった。

ドタドタッと足音がして、階段を駆け下りて来たのは、船田明美だった。

「誰か！」

と、踊り場から大声で言った。「助けて下さい、主人が——主人が——」

今度は何だ？

片山たちは、あわてて駆け出したのだった。

5

ガーン、とピアノが鳴る。

いや、ピアノの音——それも美しい調和を保《たも》ちつつ、圧倒的な迫力で迫って来る和音を、「ガーン」などと描写してはいけないのかもしれない。

しかし、どうせその音を言葉で現わすことはできないのだから、その音に、居並ぶ人たちが、ただ圧倒されていた、ということを付け加えておけば充分かもしれない。

「——すてきな音」

と、その音を出した当人は、至って無邪気に、微笑んでいる。

船田明美は、それを聞いて、首を振ると、そばにいた晴美に、そっと言った。

「どうして、同じピアノから、あんな音が出せるのかしら。しかも、まだ十三、四の子に！」

確かに、その点は晴美も同感だった。

「ニャー」

ホームズも同感だった（らしい）。

「ファー」

これは石津の欠伸だった……。

夜、九時になっていた。——夕食の後、宿泊客たちはサロンに集まって来ている。

そして、金倉正三郎が、改めて客に赤石を紹介し、赤石が今度は一ノ瀬ユミを紹介したのだった。

「——ユミ」

と、赤石が言った。「何か短いものを一曲」

「はい、先生」

ユミは、素直にピアノの前に座って、和音を一つ、叩いた、というわけである。

そして一息ついてから、少女の指先からは流れる音の川が、生まれて来た。誰もが一瞬ハッと息をのむような、それは美しさだった……。

誰もが聞いている。じっと、聞き入っている。

片山は、何かただならぬ空気が、サロンの中を充《み》たしているのを感じた。

ただならぬ、といっても、それは張りつめている、というのと少し違うような気がした。

誰もが、少々まともでないほどの没入ぶりで、少女の演奏に聞き入っていたのだ。

片山は、どうにも落ちつかなかった。一体どうなってるんだ？

相沢たちの借りた自転車は、このホテルのものである。もし本当に細工してあったとしたら、客の誰にでも、可能性はある。

しかし、二台のうち、もう一台の方には、何の細工の跡もなかったのだ。ブレーキが効かなかったのは、単に古かったから、かもしれない。

それに船田は？

そうそう。船田の妻、明美が大騒ぎで助けを求めて来たのは、黒ずくめの殺し屋がやって来たから、とか、キングコングが窓からおいでおいでをしている、とかいうせいではなく、単に（といっては、船田が可哀そうだが）、船田が二階の窓からぶら下がってしまったせいなのであった。

いや、もちろん、それは笑いごとではない。もし落ちれば大けがだったろう。

船田は、収を風呂に入れ、自分がすっかり汗をかいてしまったので、ちょっと冷たい空気を入れようとしたのだった。

ところが、窓は固く、一向に開かない。力をこめて、エイ、ヤッと押すと、いきなり窓が枠ごと外れて、勢い余って船田は落っこちかけた。そして危《あや》うく両手で外にぶら下がっていたのである。

その解決には、石津の力を必要としたし、さらに、その穴埋めとして、石津が夕食のステーキを二枚食べる、ということになったのだが……。

しかし、船田の押し開けようとした窓が、なぜ枠ごと外れたのか、という点になると……。

古いとはいえ、それはめったにないことだろうし、誰かが、外れやすいようにしておいたのだと言えなくもない。しかし、船田がこの寒い時期に、窓を開けようとするなどと、誰が考えるだろうか？

――片山には、どうも分からなかった。

そして今……。少女の曲は、静かな余韻を残して終わろうとしている。

一人一人の顔を見渡すと、誰もが心打たれているのが分かる。

あるいは、それは十年前の思い出と結びついているのかもしれない。

演奏が終わった。ユミが立って、一礼する。

「もっとていねいに。いつも、言ってるだろう。ステージから退がるまでが、演奏だよ、と」

赤石が、そう言った。

「ブラボー！」

と、叫んだのは誰だったか。

ともかく、一斉に拍手が起こった。みんな、一人残さず拍手をしている。

石津も、さすがに目がさめたらしく、せっせと手を叩いていた。ホームズも立ち上がって

――いや、そこまではしなかったが。

「すばらしい」

金倉が、ユミの方へ歩み寄って、その手を握った。「――すばらしいピアニストだね、君は！」

「ありがとう」

ユミは、さすがに少し頰を上気させていたが、「私のＣＤが出たら、買ってね」

と、ちゃっかりＰＲしていた。

笑いが起こった。

「さあ。――一旦《いったん》、部屋へ戻ろう。十時にはまたここへ集まるんだ。パーティだからね」

と、赤石がユミを手招きした。

「はい！　先生。何着たらいいかしら？」

「そんなことまで知らんよ。好きなものを着なさい」

と、赤石は苦笑した。

「はあい」

ユミは一人、さっさとサロンを出て行った。

「――さて」

と、何となく夢から覚めた、といった様子の客たちを見回して、金倉が言った。「では、後ほど。改めて」

金倉はピアノの鍵盤の蓋を閉じ、鍵をかけた。

みんなが、それぞれに連れ立って、サロンから出て行く。

「今からいい音楽を聞かせておく方が……」

「早すぎるわよ」

と、相沢弓子が笑う。

「――おい、収はどうする？」

「本人次第で。きっと起きて来るわ」

「ルミも、起きてていいのね」

「今夜だけよ」

船田が、出がけに石津の方へ、

「さっきはどうも」

と、会釈した。

「いやいや」

と、石津は照れていたが、晴美の方へそっと、「何でしたっけ、『さっき』って？」

「あなたがあの人を窓から引っ張り上げたでしょう」

「あ、そうか」

頼りない奴だ。片山は苦笑した。

「ともかく、我々も一旦、部屋へ戻るか」

「そうね、ちゃんとお風呂にも入って」

「ホームズもか？」

「ニャー」

身だしなみにかけては、ホームズはいつも気をつかっているのである。自前の毛皮の手入れは怠《おこた》らない。

「——新しい年ですな、間もなく」

と、金倉が言った。

「何事もなく、迎えられるといいですね」

と、片山は言った。

「全くです。しかし——」

と、言いかけて、金倉は気が変わったのか、

「では、後ほど」

と、歩いて行き、ふと思い出したように振り向いて、

「年越しそばも出ます」

と、言った。

「やった」

石津はご機嫌で、「やっぱりあれがないと、新年の気分になりませんよね」

「俺はどうでもいい、気分なんか」

と、片山は言った。「ともかく、何も起こらなけりゃ、それでいいんだ」

片山たちは最後にサロンを出た。

片山が振り向くと、ピアノは静かにうずくまって、主人の命令を待つ、大きな黒犬のように見えたのだった……。


「――弓子」

と、相沢が言った。

「え？」

鏡の前に立っている弓子は、ふっと我に返ったように、「何か言った、あなた？」

「ああ」

「ちょっと――このジッパー、上げてくれない？」

弓子は、多少お洒落をしようと、ゆったりした黒のイヴニングドレスを着ているところだったのだ。

相沢は、弓子の後ろに回ると、

「——出ない方がいいんじゃないのか」

と、言った。

「どうして？」

と、弓子は言った。「私がいると、お邪魔？」

「そうじゃない。君の体が心配だからさ。——早く休んだ方がいいんじゃないのか」

相沢の手が後ろから伸びて来て、弓子の下腹辺りに当てられる。

「やめて。——どうってことないわよ。それに、気分を晴れやかにさせることも必要だわ。そうでしょ？」

「そうかもしれないな」

相沢は、あまり気の進まない様子だったが、肯いた。「あんまり遅くならないうちに引き揚げるんだよ」

「子供じゃあるまいし」

と、弓子は笑った。「ね、ジッパーを」

「ああ……」

シュッと音がして、ジッパーが一番上まで上げられる。

相沢の目に入っていた、妻の白いなめらかな背中が、隠れてしまった。

そして、弓子の抱く秘密もまた……。

弓子は、ここへ来たことがあるのだ。

しかも、この辺のことを、よく知っているのだ、と分かった。あの自転車の一件で。

それなのに、なぜ、ここは初めてだ、と言ったのか。――何を隠しているんだ、弓子?

相沢は、弓子が自分に何かを隠しているなどとは、思ったこともなかった。

いや人間ならば、それも成人し、三十を越えた大人なら、どんなに真面目に人生を過ごして来た人間にも、一つや二つの秘密はあるだろう。

ただ、この場合は別だ。――昔の男のことか、家族の中の変わり者のことか、そんなこととは別だ。

ここへ来たことがある。

たった、それだけのことを、なぜ弓子は隠していたのか。それだけのことだからこそ、相沢には気にかかるのである。

「あなた、仕度は?」

「ああ。俺はこれでいい。何もタキシードを着ることもあるまい」

「そうね。――じゃ、行く? 少し早いけど……」

「いいさ。ロビーで時間を潰していれば」

相沢は、微笑んだ。

ドアを開け、妻を通してやる相沢には、いささかも、妻に疑いを抱いていることを感じさせるところなど、見当たらなかった……。

「努」

と、梶井加代が言った。「——努！」

「聞こえてるよ、母さん」

と、ネクタイを締めながら、梶井は答えた。

「やめておいたら？」

やれやれ、という様子で、梶井は振り向いた。

「どうしてさ？　何か、僕がパーティに出ていけない理由があるの？」

「お前はね、あの女を殺した、と思われてるんだよ」

と、加代は言った。「そんな立場の人間が、人様の前に出るなんて——」

「そう思ってるのは、母さんだけさ」

と、梶井は、ネクタイの長さがアンバランスになって、「畜生！　やり直しだ」

と、ネクタイを外した。

「お前には母さんの気持ちが——」

「僕はやってないんだ！」

と、梶井は強い口調で言ってから、息をついた。「——怒鳴ってごめんよ。でも、母さんがどうして僕のことを信じてくれないのか、分からない」

「私はね、あんたがやったとも、やらないとも思っちゃいないの。分かりゃしないんだから
ね」

「冷《さ》めてるな、母さんは」

と、梶井は苦笑した。「ま、確かに、神様じゃないからね」

「――やっぱり出るのかい、パーティに」

「うん。だって、ただの年越しパーティじゃないか。出たって、すぐまたここへ戻って来る
よ」

梶井は、やっとネクタイを満足すべき感じで結んだ。「――母さんも出ればいいじゃない
か」

加代は、少し黙っていた。それから、

「その気になったら、下りて行くよ」

と、言った。「面倒だったら、眠ってるかもしれない」

「だって、鍵が――」

「お前、他の部屋で寝たら？」

「どこで？」

「あの片山さんの妹さん。猫と二人よ。お前、お似合いじゃないかと思うけど」

「何を言い出すんだ」

と、梶井は苦笑した。「じゃ、行くよ」

「ああ。――年越しそばだけ、いただくかね」

と、加代は肯いた……。

梶井が廊下に出ると、船田悠二と明美が、収を連れて、階段の方へと歩いて行くところだった。

「先ほどはお騒がせして」

と、船田は恐縮している。

「いや。でも、何ともなくて良かったですねえ」

と、梶井は言った。

「あの力持ちの刑事さんのおかげですわ」

と、明美が言った。

「女房の奴、すっかり、あの刑事さんにボーッとなってるんですよ」

と、船田が冗談めかして言うと、

「力があるのは確かですね」

病院で、石津に出くわしている梶井は肯いた。「――下のお嬢ちゃんは?」

「もう眠ってしまったので」

と、明美が言って、「この子にも、寝なさいと言ったんですけど」

「僕は、あんなガキじゃないもん」

と、収が言ったので、みんなが笑った。

至って穏やかなムードではあった。


「——おい、もう行くぞ」

と、片山は晴美に声をかけた。

しかし、晴美の耳には、まるで届いていなかった。

シャワーを浴びている時に、何を言われたって、当然聞こえやしないのである。

「おい！　晴美！」

ドンドン、とバスルームのドアをノックして、やっとシャワーの音がやんだ。

少し間があって、ドアが開くと、晴美が真っ赤な顔で、バスタオルを体に巻いて立っている。

「何か呼んだ？」

「あと五分だぞ」

「そう。先に行ってて。私、ホームズと後から行く」

「分かったよ。石津の奴でも待たせとこうか？」

「いいわよ。年越しそばを、もし食べそこなったら、来年一年間、悔《く》やむことになるでしょうからね」

「それは言えてるな」

と、片山は笑って、「じゃ、行くぞ。——ここの鍵はどうする？」

「そうね。大丈夫でしょ。もうすぐ出るし。テーブルの上に置いといて」

「分かった」

「エスコートする人、いないわね。あのピアノの天才少女は？」

「よせやい」

片山は手を振って、部屋を出て行った。

「——さ、急いで仕度ね」

と、晴美は、鏡の前で、濡れた体を拭くと、身仕度を始めた。

ドライヤーで、髪を乾かす。——これも、耳もとで使うだけに、かなりやかましいのである。

当然、誰かが部屋の中へ入って来ていても、晴美は全く気付かない……。

ホームズも、洗面台の隅の方にいたので、気付くのが遅れた。

「ニャー」

と、鋭く鳴いた時、ガタッ、とドアの所で音がした。

「何かしら」

晴美は、ドライヤーのスイッチを切った。

「――誰かいるの？」

用心しながら、バスルームのドアを開けようとして……。開かない！

「ちょっと！　何したの！　誰なの！」

晴美は、力一杯ドアを叩き、引っ張ったが、ドアは開かなかった。

「――参ったわね！」

「ニャー」

「ホームズ！　何とかしてよ」

そんなこと言ってもね、というように、ホームズは目をつぶった。

ホームズは石津とは違うのだ。色男――いや、メスだから色女、か。「金と力はなかりけり」である。

「えいっ！　――やあっ！」

晴美は、ありったけの力で、ドアを揺さぶった。しかし、ドアは開かない。

「――どうしよう？」

と、息をついて、首を振る。

「ニャオ」

ホームズの方は、すでに諦《あきら》めの境地（?）にいるのか、鏡の前の丸椅子に座って目をつぶって、うたた寝気分。

しかし、一体誰が、何のためにこんなことをしたんだろう？

晴美が遅れれば、当然、片山か石津が見に来るだろう。こんなことをしても、ほんの何分か、閉じこめていられるに過ぎない。

「ホームズ、どう思う？」

と、訊くと、ホームズは、哲学的な表情で、ゆっくりと首を振ったのだった……。

6

ピアノを聞いて、年越しそばか。

妙なとり合わせだが、それなりにさまになっている。

「いかがです？」

と、やって来たのは風間である。

「旨いそばですね」

と、片山は正直に感想を述べた。

「手打ちでしてね。特に作らせたものなんです」

と、風間は笑顔で言った。

「金倉さんは？」

「もうみえるでしょう。――ま、あの人にとっては感慨深い日でしょうから」

風間が一礼して、他の客の間を縫って歩いて行く。

「片山さん」

と、石津がやって来た。

「何杯食べたんだ？」

「いやだなあ、たった五杯ですよ」

それだけ食べりゃ充分だ。

「――晴美とホームズがまだ来てないな」

と、片山はサロンの中を見回した。

今流れているピアノは、テープである。あの少女、一ノ瀬ユミも、今はきれいなドレスにつゆが飛ばないかと気にしながら、おそばを食べていた。

「――どうも」

と、いきなり声をかけられて、片山はびっくりした。

「三田さん」

昼間、片山の所へやって来た元刑事である。「おいでしたか」

「いや、昼間、金倉さんと久しぶりで話しましてね。そしたら、ぜひ来い、と招《よ》んでくれたんです」

「そうですか」

――三田は知っているんだろうか？　この客たちが、十年前と同じ人間たちだ、ということを。

「いやあ、これが最後とは残念ですね」

と、三田は昼間の言葉をくり返して、「では、私も、おそばをごちそうになります」

と、行ってしまった。

サロンの一角に、テーブルが出て、そこでそばを出しているのである。石津は、六杯目を食べている（！）。

それにしても……。晴美の奴、何してるんだろう？

「――お待たせしました」

と、金倉がサロンへ入って来た。「パーティのお時間です」

赤石が、ユミに肯いて見せる。

テープが止まり、ユミはピアノの方へと歩み寄った。

「あ、待って」

と、金倉は、ポケットから鍵を出し、そのピアノの鍵盤の蓋を開けた。

「私、知ってるわ」

と、ユミが言った。「娘さんが亡くなったんですってね、十年前に」

「そうなんだよ」

「気の毒ね」

子供のように素直な言い方。それは却って、爽《さわ》やかにも聞こえた。

「ありがとう。今夜は、そんなことはないと思うよ」

と、金倉が言った。

「確かめよう」

ユミは、椅子にかけると、鍵盤を、低い方から高い方へ、一気に弾いて見せた。信じられないような指の動き。

「——大丈夫だった」

ユミはニッコリ笑った。「全部のキーを弾いたもの」

「じゃ、安心して弾いておくれ」

金倉は、少女の肩に、手をのせて、言った。

ユミが赤石の方へ目をやる。

赤石が肯くと、ユミは別に構える感じもなく、弾き始めた。

息をのむほど美しい音。そして美しい曲。——片山も、しばし時を忘れた。

いつしか、片山のそばには、相沢弓子が立っていた。

夫は、船田と何かビジネスの話をしている様子だったので、弓子一人、離れて座っていたのである。

曲が進んで行くと、弓子の顔は、少し青ざめ、緊張して行くように、片山の目には映った。

なぜだろう？　──片山は少し弓子の斜め後ろに退《さ》がって、気付かれないように、その様子を見守ることにした。

曲は華やかになり、また哀愁を帯びた調べに沈んで、淀《よど》みなく進んで行く。

誰もが、聞き惚れている。身じろぎもしない様子で。

「──あの曲だわ」

と、弓子が呟くのを、片山は聞いた。「あの時の曲だわ……」

小さな声だったので、誰にも聞こえなかっただろう。

片山は、弓子が、やはり十年前にここへ来ていたのだと知った。偽名で泊まり、姿を消したのは、弓子だったのだ。

──曲は終わった。

拍手が盛大に起こった。──ユミは立ち上がると、ピョコンと頭を下げ、それから、チラッと赤石の方を見て、もう一回、今度はゆっくりと頭を下げた……。

「──もう一曲、弾きます」

と、ユミは言って、ピアノに向かう。

弓子が体を震わせた。

「やめて……。やめて……」

と、か細い声が洩れる。

「大丈夫ですか」

と、片山がそっと囁きかけた。

「この曲を弾いてはだめ……。この曲の途中で、あの子は……」

弓子はハッとしたように、片山を見た。

しかし、曲は始まっていた。

めまぐるしいばかりの音が飛び交い、正に目がくらむようだ。ユミは楽しげに、実に楽しげに、弾いている。

その横顔には、笑みさえ浮かんで見えた。

「――この途中で」

と、いう弓子の呟きも、曲にかき消されて聞こえなかった。

「大丈夫。今日のピアノには、何も仕掛けてありませんよ」

片山が、弓子の耳に口を寄せて言うと、弓子はゆっくりと首を振った。

「もうすぐ……。もうすぐだわ」

と、息をつめている。

曲は盛り上がり、花火のように弾けた。

そして——。

突然、全部の明かりが消え、サロンは闇に包まれた。

演奏は、何秒間か勢いで続き、そこで止まった。——何も見えない。

「どうしたんだ?」

と、金倉の声がした。「停電か? ——風間!」

返事はなかった。そして——。

バタン、と何かが倒れる音。人ではなく、椅子だろう。

片山は、上衣のポケットを探った。

「畜生! 石津! いるか」

「はあ」

「ペンシルライト、持ってるか」

「こう暗くちゃ——」

「馬鹿。ポケットの中ぐらい、分かるだろう」

「そうですね。——ありました」

と、石津が言った。「どうします?」

「点けるんだよ。もちろん！」

片山がそう言った時、サロンの中を、悲鳴が駆けめぐった。

誰の声か、分からない。しかし——何かが起きたのだ。

「急げ！」

と、片山は怒鳴った。

「はい！」

カチッと音がして、ペンシルライトの弱い光が、サロンの中を忙しく動いた。

「止めろ！」

と、片山は言った。「ピアノの所だ」

丸い光が、ぼんやりとにじむように、ピアノの様子を——空の椅子を照らした。

椅子の下に、一ノ瀬ユミが倒れている。

片山は駆け寄ろうとして、椅子につまずいて転びかけた。

何とか辿りつき、ユミを抱き起こす。

「どうです？」

と、石津もやって来た。

「——大丈夫。気を失ってるんだ」

片山は、胸をなで下ろした。

その時、サロンの明かりが、まぶしく輝いたのである。

「――初日の出、か」

片山は、疲れ切った体で、窓から外を眺めている。

夜明け。初日の出である。――朝の光は、時折りちらつく赤い灯で、邪魔され、迷惑そうだった。

パトカーが、ホテルの正面玄関に数台、停まっている。

「――少し寝たら？」

と、晴美が言った。

「うん。もう少ししてからだ」

片山は、息をついて、「お前とホームズをバスルームへ閉じこめたのは、誰なんだろうな？」

「きっと犯人よ」

と、晴美は言った。「他に考えられる？」

「そうだな。しかし、なぜ？」

「そりゃ私たち、頭がいいからよ」

晴美は時として、正直の度が過ぎることがあった……。

「サロンを見て来る」

「私も行くわ」

「ニャア」

ホームズも、少々プライドを傷つけられたのか、張り切っている感じである。

——一階へ下りて行くと、刑事たちと鑑識の人間が忙しく出入りしている。

「死体は？」

と、片山は、地元の若い刑事に訊いた。

「まだそのままです」

と、その刑事が答える。「検死官が、この時期で、なかなか捕まらなくて」

「そうだろうね」

片山たちはサロンに入って行った。

椅子の並べ方、ソファの位置も、ゆうべのままだ。もっとも今はどこも空である。一つの椅子を除いて。

そこには金倉正三郎が座っていた。——いや、「座らされていた」のだろうか。

ぐったりと腰をおろしたまま、両手をだらりと下げ、頭は右の方へガクッと落ちた感じだった。

「心臓一突きか」

と、片山は言った。

刃物が、胸に刺さったままになっていて、生々しく、片山はあわてて目をそむけてしまった。

「即死かしら」

「だろうな」

「でも——暗がりの中で？」

「分からないな」

と、片山は首を振った。「結局、本当に殺されてしまったわけだ」

「そうね……。犯人を見付けなくちゃ」

「ああ」

片山は、ピアノの方へ目をやった。

あのときユミは、なぜ気を失っていたのだろうか？

今はまだ事情を聞けないでいる。——片山としては、ついに正月休みもパアである。

「課長の耳に入ったら、正月の旅行を取り消して、こっちへ来ちまうかもしれない」

と、片山が言うと、

「ニャー」

と、ホームズが愉快げに鳴いた。

片山は、サロンの入口へ目をやって、幻でも見たのかと思った。

石津が入って来る。それはまあ当然として、その後から、何と、当の栗原警視が入って来たのだ。

片山は、これが夢でありますように、と天に祈った。

もっともこれが「初夢」では、あまりにわびしい、とも思ったのだった……。

第四章　ルームサービス

1

「正月か」

と、栗原警視は言った。

「やっぱり正月は、静かな場所で過ごすに限るな」

ここの、どこが静かなんだ？　――片山は疲れて、眠くて、少々不機嫌だった。

確かに、六本木《ろっぽんぎ》のディスコに比べりゃ、このホテルは静かだろう。しかし、サロンには金倉正三郎の死体があり、今、やっと運び出そうとしているところである。

鑑識の人間を始め、地元の警官、県警の刑事が入り乱れて、忙しく出入りしている。こういう雰囲気の中で「落ちつける」のは、世間広しといえども、栗原警視ぐらいのものだろう。

二人はロビーのソファに座っていた。

「失礼いたします」

と、声がして、風間が、「もしよろしければコーヒーでも、と存じまして、勝手にお持ちいたしました」

コーヒーの香りが、片山をホッとさせた。

「ありがとう。いただこう」

と、栗原も微笑んだ。「君はこれからどうするんだね」

「――とりあえずは、今のお客様のご滞在中、手落ちのないようにいたしませんと。それが亡くなられた金倉様のご遺志でもあると存じます」

「これは旨い」

と、栗原は、コーヒーを一口飲んで、肯いた。「いや、これだけのコーヒーは、今時、なかなか飲めるものじゃない」

「そうおっしゃっていただけますと……」

片山も、そのコーヒーで大分、落ち込んでいた気分が持ち直した。人間とは、そんなものなのである。

「――君には迷惑なことかもしれないが」

と、栗原は言った。「殺人事件だ。捜査が長引かないように努力するが、少なくとも何日間か、ここの客は足止めを食うことになる。その間、面倒をみてくれるかね」

「もちろんでございます」

と、風間は即座に答えた。「ホテルというものにはトラブルがつきものですから、それが処理できないようでは、ホテルマンとは申せません」

「さすがだ」

と、栗原は肯いた。「では、よろしく頼むよ」

「栗原様も、こちらにお泊まりでいらっしゃいますね」

「ああ、そうしたいと思っている」

「では、すぐにお仕度を」

風間が退がって行く。

「——プロだな」

と、栗原は感服の様子。「ところで、片山、どうなんだ、犯人の目星は？」

「動機がはっきりしないんです。あの老人を殺して何になるのか……」

「しかし、当人は予期していたんだろう？」

「でも、十年前の事件の犯人が、どうしてわざわざあの金倉老人を殺すんでしょう？　何もしなきゃ分からないでしょう」

「犯人を知ってたのかもしれんぞ。証拠がないだけで」

「だとしても、こんな危ない橋を渡らなきゃいけなかった、というのが、よく分かりません」

と、片山は首を振った。「まず、十年前の事件について、もっとはっきり知らないと……。十二歳の女の子を、なぜ殺す必要があったのか」

「うむ。その点は確かに妙だな」

「何か裏がありますよ、これには」

と、片山は言った。「表向きとは違う、隠れた事情があるんだという気がして――」

「お兄さん」

と、晴美がやって来た。

「何だ、お前、寝なかったのか」

「ホームズが、やたら張り切ってるの」

と、晴美はさすがに眠そうな目をしている。「あ！　一人でコーヒー飲んで、ずるい！」

飲みかけたカップを取り上げて、ぐいっと飲み干してしまってから……。

「あら。――これ、栗原さんの、でした？」

と、訊いた。

「いや……いいんだ」

と、栗原は言った。「そっちさえ良ければね」

「ホームズがどうかしたのか？」

と、片山は訊いた。

「うん……。何だかね、自転車の所でニャーニャーやってるの」

「サイクリングでもやりたいのかな」

「まさか。——ね、ちょっと来てよ」

「分かった」

片山は、あまり気が進まなかったものの、ともかく腰を上げることにした。何といっても正月だ。外は寒い（！）のである。

——ホームズだって寒いには違いないが……。

「あら、ホームズは？」

と、自転車の置いてある場所へ来て、晴美は、そこに立っている石津に訊いた。

「はあ……」

石津は、なぜか少々情けない顔をしていた。

「こちらにおいでです」

石津の着ているジャンパーの中から、ホームズが顔を出して、

「ニャン」

と鳴いた。

「お寒いご様子でしたので」

と、石津は、ホームズがストンと地面に降りたので、ホッとしたように言った。

「猫恐怖症」の石津が、いかに恋しい晴美のためとはいえ、ホームズをふところに入れておくというのも、並みたいていの努力ではあるまい。

片山としては、同情してやりたくなるのだった。

「ニャー」

と、ホームズは気持ち良さそうに鳴いた。

「しかしな、ホームズ、その自転車には何の細工もしてないんだぞ」

「ニャオ」

分かってるよ、とでも言いたげである。

「だったら——」

と、片山が言いかけると、ホームズはトットッと駆けて行って、足を止め、振り向いた。

「——まさか！　おい、無理言うなよ」

と、片山は言った。

「何だ？」

と、ついて来ていた栗原が言った。

「いや……。あの先の林の奥に、池が……」

「池か」

「そこに、子供の乗ってた自転車が沈んでるんです」

「ニャー」

晴美が肯いて、

「沈んだ自転車を、引き上げろ、って言ってるんだわ」

「ニャン」

「しかし……正月だぞ。人手はないし、冷たいし……」

「そんなもの、何とでもなる」

と、栗原は言った。「おい、片山、本当にやるべきなら、やろう」

そんなこと言っても、どうせ栗原は何もしやしないのである。

「分かりました。課長から、地元の署へ話して下さいよ」

「分かった。任せとけ」

と、栗原は胸を張った。

そして、片山は石津の方に、

「お前——ステーキと引きかえに、水の中へ入る気、あるか？」

と、訊いた。

「はあ……。ステーキ、何枚ですか」

さすがの石津も、やや、ためらっている様子だった……。

フワッ、フワッ……。

何か暖かいものが、片山の顔に当たった。いや——どうも誰かの息づかいらしい。

こんなに近くで息がかかるというのは……。どうせホームズだな。

「おい……少し寝かせてくれよ」

と、片山は、まどろみながら、呟いた。「昼過ぎまでは眠ろうってことになってたじゃないか」

「そう？」

「そうさ……」

と、答えて——。「ん？」

片山が目を開けると……。目の前に、女の子の顔があった。しかも、ほんの数センチしか離れていない！

「ワッ！」

片山はあわててはね起きた。「君は——」

「化け物でも見たような顔しないでよ」

と、むくれているのは、ピアニストの一ノ瀬ユミだった。

「しかし……どうして僕のベッドで寝てるんだ？」

一ノ瀬ユミは、ジーパンをはいたリラックスしたスタイルで、片山のベッドに潜り込んでいたのである。

「だって、ドアが開いたんだもん」

そうか！　畜生、また鍵かけ忘れた！

「あのね、僕はゆうべから一睡もしてなかったんだ。だから昼まで眠ることにして――」

「もうお昼」

と、ユミは言った。

「――もう？」

片山はカーテンの隙間から、かなり明るく光が射《さ》し込んでいて、そのせいで、部屋が充分明るいのに、初めて気付いた。

「一時よ」

「そんな時間か！」

片山は頭を振った。「しかしね、ドアが開いてるからって、人のベッドへ潜《もぐ》り込むのかい？」

「そうじゃないわ」

ユミはピョコンと起き上がると、「でも、大丈夫」

「何が？」

「私、未成年者だけど、何もなかった、って証言してあげるから」

「当たり前だろ！」

片山は、晴美でも入って来たら、と思って、気が気ではなかった。「早くベッドから出てくれ」

「はいはい」

十四歳といっても、体は大きいので、片山としては、できるだけ遠ざけておきたい気分である。

片山が顔を洗って、戻ってみると、ユミはコーヒーをカップに注《つ》いでいた。

「どうしたんだい、それ？」

「今、風間さんに頼んだら、持って来てくれたの」

「手早いな、あの人は。――君も飲むのか」

「うん。ね、あの林の中の池をさらうんですって？」

「ああ。誰から聞いたんだい？」

「みんな話してたわよ」

「そうか……。自転車を引っ張り上げるだけだよ」

「面白そうね。見物に行ってもいい？」

「寒いよ」

「別に泳ぐつもりないもの」

と、ユミは言った。

片山は、コーヒーを飲んで、やっと少し頭がスッキリして来た。

「どうして僕の所へ来たの？」

「だって、殺人事件があったのよ」

「そりゃ分かってるよ」

「だから、怖かったの。刑事さんのそばにいるのが一番安全でしょ」

それはまあ理屈ではある。——片山は、ユミが大人っぽくブラックでコーヒーを飲むのを見ていた。

「事件の時、君は気を失っただろ。——何があったか、思い出した？」

「うーん……。よく分かんないけど」

と、ユミは首をかしげて、「何か、薬じゃなかったのかなあ」

「薬？」

「ツーン、と鼻に来て……。ボーッと気が遠くなったの」

「そうか。——誰かがそばに寄って来る気配とか、あったのかい？」

「真っ暗だったし、全然分かんなかった。みんな、ガヤガヤやってたでしょ」

「そうだね。しかし、君はけがもなくて良かったよ」

「先生もそう言ってた」

片山は、ふと思い付いた。――この一ノ瀬ユミを教えている赤石は、十年前に殺された、金倉可愛の師でもある。

「君、先生から、十年前にここで死んだ子のことを、聞いたこと、ないかい？」

「少しはね」

と、ユミは肯いた。「でも、あんまり話したがらなかった」

「何か憶えてない？　先生の話したことの中で」

「天才だった、って」

と、ユミは即座に言った。「あの先生、そんなこと、めったに言わないのよ」

「君だって天才だろ」

と、片山は言った。

ユミは大きな目をパチクリさせると、

「そう思う？　本気？　お世辞じゃなくて？」

と、えらい早口で言った。

「思うよ。もちろん、音楽のことはよく分からないけどさ」

ユミが、急に腰を浮かすと――片山は、一瞬、危ないな、と思ったのだが――素早く片山にキスした。

「おい……」

「子供のキスよ。気にしないで」

ユミは、澄ましたもので、「嬉しかったから。刑事さんの言葉が」

「みんなそう言うだろ？」

「天才だ、って？　そうね。でも——先生は言わない」

「どうして？」

「『お前は、器用な子だよ』って、いつも言われるの。それはね、『天才じゃないんだ』って意味なのよ」

片山は、ユミの話し方が、とても十四歳とは思えないほど大人びているのに、戸惑っていた。

「死んだ金倉可愛のことが、先生、忘れられないのね。——あの子は天才だった。あの子は、こう弾いた。あの子は、そんなことはしなかった……。私、ずっとそう聞かされて来たわ」

ユミの口調には、苦い寂しさが混じっているようだった……。

「じゃ——別の先生についてみたら？」

ユミは首を振った。

「いい先生なの。分かってるのよ、私のこと。自分でも、天才だなんて思ってないもん」

「でも——」

「それに可愛がってくれるわ。あの子のことだって、無意識に口にしてるの。今でも悔やんでるんだと思う。『あの子をずっと手許に置いとけば、あんなことにはならなかったかもしれない』って、いつか言ってたことがあるもの」

片山は、ちょっと眉《まゆ》を寄せて、

「手許に？　金倉可愛は、ここで習ってたんじゃないのか」

「このホテルから通ってたのよ、先生の所に。でも、赤石先生が、事情でよそへ行くことになって……。その時、一緒に、その子も連れて行くつもりだったらしいの」

「父親から離れて？」

「そう。連れて行くっていっても、別に外国に行くわけじゃないし、ここから列車で二時間もあれば行く所よ。金倉さんも、喜んで、ぜひお願いしますって言ってたみたい」

「それが——」

「ところが、間際になって、急に、『やっぱり娘はそばに置いときたい』って、言い出したらしいわ。先生と、そのことで、ちょっと喧嘩になったみたい」

それは片山も初耳だった。

「君の先生に訊いてみたいな」

「しゃべらないと思うわ、きっと」

と、ユミが言って、ふと不安そうに、「私から聞いた、なんて言わないでね、先生に」

「分かった。約束するよ」

ユミはコーヒーを飲み干すと、

「おいしい……」

と、息をついた。「――先生が言ったわ。天才は、コーヒー一杯飲むことまで、自分の天才に捧げなきゃいけないんだ、って……。私、そんなのいやだ。恋もしたいし、結婚もしたいし。――だから天才でない方が嬉しいの」

それでいて、「天才」という言葉は、この娘の心に――十四歳の心に、しっかりと根づいてしまっている。

片山は、ユミという少女の、一見底抜けな「明るさ」の底に、どこか早く大人になってしまったことの哀しみが見えるような気がした。

「僕みたいな凡人はよく分からないけどね」

と、片山は言った。「君のピアノは、すてきだったと思うね」

ユミはニッコリ笑った。――十四歳の少女の笑顔だった。

「――お兄さん」

と、ドアが開いて、晴美が顔を出す。「あら。お邪魔だった？」

「もうちょっとでラブシーンになるとこだったのに」

と、ユミは楽しげに言って立ち上がり、「さ、池まで一緒に行きましょ、片山さん！」

――晴美が、不思議そうに、ユミと片山を眺めていると、

「ニャー」

いつしか、ホームズも、晴美の足の間から顔を出していたのだった。

2

「何だ？」

力強い言葉とは逆に、石津は大分青ざめていた。「——片山さん」

「もし、僕が心臓マヒで死んだら、晴美さんは泣いてくれるでしょうか？」

確かに、寒そうではあった。いや、事実、寒かったのだ。

「正月早々、物好きだね」

と、見物に来た、近くの町の人たちが、口々に言っている。

「——おい、仕度はできたか」

と、栗原がやって来た。

「はあ……」


「大丈夫か？」

と、片山は言った。

「ええ。任せて下さい」

石津は、ゴムのズボンをはいていた。腰までは水に入っても大丈夫だ。

しかし、水の冷たさは、防げない。早く自転車が見付かるのを祈るしかなかった。

「石津、頑張ってくれ」

と、オーバーとマフラーでいかにもあったかそうな栗原が言って、石津の肩を叩いた。

「お前が先頭に立ってくれると、地元の若いのも、それに続く」

「かしこまりました」

石津は、やや悲壮な表情さえ見せて、敬礼した……。

「――そう深くないと思いますよ」

と、地元の署長が、池の手前で、栗原に説明した。

「入ったことが？」

「いや、ありませんが。たぶん深くないでしょう。浅くない、って話は聞いたことがありませんから」

何ともいい加減である。

「――石津さん」

晴美が、ホームズを抱いてやって来た。

「ごめんなさい、遅くなって」

「晴美さん！　この寒い中、わざわざ来てくれたんですね！」

石津は、ホッとした様子。

「そりゃそうよ。だって、自転車を見たいもの」

「そう……ですね」

石津は、やや落胆したようだ。「じゃ――行って来ます」

「戻ったら、熱いココアがあるわよ」

と、晴美が、一ノ瀬ユミの方を見る。

ユミが、ポットをかかえて、肯いて見せた。

「やっぱり晴美さんだ！　必ず生きて帰って来ます」

石津は、足取りも軽く――歩こうとして、何しろゴムのズボンだ。前のめりに転んでしまった。

「大丈夫かね、あれで……」

と、片山は首を振った。

「――その辺りですよ」

と、相沢肇が、指さす。「ほら、その辺、引きずった跡があるでしょう。そのまま自転車は池の中へ真っ直ぐ突っ込んだはずですから」

――ホテルの客も何人か見に来ていた。

相沢弓子の姿は見えない。船田悠二が、少し離れて、立っている。そして梶井努と、風間……。

片山は、石津がこわごわ、水の中へ足を踏み入れるのを見ていた。他に三人、地元の警官が同じスタイルで続く。

「――冷たいか」

と、栗原が分かり切ったことを訊くと、

「いい湯加減です」

と、石津が答え、集まっていた人たちがドッと笑った。

「石津にしちゃ、上出来だ」

と、片山は言った。

「だけど、ホームズ、自転車を引っ張り上げて、何もなかったら、文句言われるのを覚悟しときなさいよ」

と、晴美に言われても、ホームズは聞こえないふりをしている。

池は水が濁《にご》っているので、棒でつつきながら、捜すしかなかった。

「――意外に遠くまで行ってるんだな」

と、相沢が言った。「勢いよく突っ込んだせいですかね」

「おい、もっと向こうまで行ってみろ!」

と、栗原が声をかける。

「はあ……」

石津が少し情けない声を出したのは、結構池が深くて、もう水が太腿《ふともも》の辺りまで来ていたからである。

「下は大丈夫か？」

と、署長が声をかける。

「意外と下は固いです」

と、警官の一人が答えた。

「石津さん、沈んじゃわないかしら？」

と、晴美が心配そうに言った。

「まさか」

――少し曇って、寒かったのが、雲が切れて日が射して来た。葉の落ちた木立ちの間を、日射しは楽々と通り抜けて、池の水にキラキラと躍った。

「――あった！」

と石津が、棒でつついて、「――ありましたよ！」

「よし！　棒で引っかけて、引きずって来い」

と、栗原が大声で言った。

「あれ？」

と、石津より少し手前にいた警官が、「ここにも何かあります」

「二つも自転車はないだろう。——ともかく引き上げてみろ」

「はあ」

棒の先に引っかけて、その警官が水から引き上げたのは——あの自転車だった。

「そうだ。それですよ」

と、相沢が肯いた。

「何だ。じゃ、これは違うんですね」

石津も、大分池から上がりかけていた。「がっかりだな。——でも、これもゴツゴツして、結構大きそうで……」

石津は、膝のところまで来る水をはね飛ばしつつ、棒で引っかけたものを、

「よいしょ！」

と、引っ張り上げた。

——誰もが、しばらく無言で、動かなかった。

もちろん、昼間で、日は射していたし、それはすぐに目に入っていたのだが……。

棒の先に引っかかって、水をしたたらせているのは——人間の頭蓋骨だった。

「ニャー」

と、ホームズが鳴く。

「お兄さん！」

「うん……。おい、石津！」

片山が呼んだのが、却って悪かったのかもしれない。石津は、そのまま、その場に尻もちをついてしまったのだ。――水の中に。

林の中に、人々の叫び声や怒鳴り声が響きわたったのは、その数秒後のことだった……。


「どう、気分は？」

と、晴美が、熱いココアを石津に手渡しながら訊いた。

「もう大丈夫です」

と、石津は肯いた。

確かに、石津の場合、ショックが後をひかない、という点、立ち直りも早いのかもしれない。それにもう一つ、夕食の時間が近付いていたことも、石津を元気づけていたのかも……。

ともかく、石津はやや青い顔をしていたものの、熱い風呂にも入って、体はあたたまっていたはずである。

「やっぱり石津さんって勇敢ね。あんな時にも、落ちついて座っていられるんだもの」

晴美の言葉は、他の人間なら、皮肉ととりかねないものだったが、石津は素直に、

「晴美さんに、そう言っていただくと……」

と、喜んでいる。

「でも、びっくりしたわ。私、心臓が止まるかと思った」

片山と石津の泊まっている部屋である。ホームズも、ベッドメークのすんだベッドの上で、丸くなって半ば埋《う》もれている。

「だけど、ホームズだって、まさかあんな物が出て来るなんて思ってなかったんでしょう?」

と、晴美が声をかけたが、ホームズの方は目を閉じて、眠っているのか起きているのか、定かでない。

ドアが開いて、片山が入って来ると、ホームズはうっすらと目を開けた。

「お兄さん、どう、あの池の方は?」

「うん、大騒ぎだよ。正月でなきゃ、もっと報道陣が押しかけてるだろうな」

片山は青白い顔をしていた。「寒くて、かなわないから、帰って来た。――おい、ココア、俺の分もあるのか?」

「ホームズが飲まなきゃ、あるわよ」

と、晴美が言った。「許可を得てくれる?」

「おい……」

「冗談よ。――はい」

と、空いたカップにココアを注ぐ。

「やあ、生き返るな！　――旨い！」

と、片山は息をついた。

「で――どうだったの？　何か分かった？」

「今、池をさらってる。今度は人数もいるし、慎重にやってる。大体同じ辺りに骨が散らばってるらしい。たぶん、全部集めるのに、そうかからないだろう」

「ずいぶん前のものでしょうね、あの白骨」

「だろうな。――今から調べても、果たして身許や死因が分かるかどうか」

「栗原さんは？」

「大張り切りだ。寒さなんか感じないんだな、きっと。ずっと現場にいるよ」

「忘れられない正月になりました」

と、石津がしみじみと言った。

「――あの自転車の方は？」

「今、県警の方で調べてる。しかし、白骨死体の方で、てんてこまいしてるからな」

「どう思う？」

と、晴美が言った。「あの白骨死体、今度の事件と何か関係あるのかしら？」

「俺に訊いたって分からないよ」

と、片山は肩をすくめた。「自殺死体だという可能性もあるだろ。少なくとも何年ぐらい前のものか、割り出せば、行方不明者のリストでも調べて……。でも、大分時間はかかるだろうな」

「ニャン」

と、ホームズが急に声を上げた。

「そんなことない、って言いたげね」

と、晴美は振り向いて、「ホームズ、何か分かってるの？」

ホームズは欠伸をすると、やれやれ、もの分かりの悪い人間には困りもんだよ、とでも言いたげに、ドアの方へと歩いて行った。

「——どこかへ案内してくれそうよ」

と、晴美は言った。

「夕食の匂いがするんじゃありませんか？」

と、石津が希望に充ちた（？）声を出す。

晴美がドアを開けると、ホームズは一旦廊下を歩き出し、ふと足を止めて、向きを変えた。

「下に行くの？」

と、晴美は言った。

ホームズが階段の方へと足早に歩いて行く。片山たちは三人でゾロゾロとついて行った。

途中、ドアが開いて、

「どうかしたの？」

と、ユミが不思議そうに眺めると、「私も行こ」

と、後について歩き出した。

ホームズが階段を下りて行くと、下のサロンからピアノが聞こえて来た。

「誰が弾いてるのかしら」

と、晴美が言うと、後ろで、

「先生だ」

と、ユミが言った。「あれ、先生の音」

へえ、ピアノの音も、人によって違うの？　――晴美には、それが少なくとも「下手でない人間」が弾いているのだとしか、分からなかった……。

サロンへ入ると、確かに赤石がピアノに向かって、どこか物悲しいメロディをかなでている。

相沢弓子と、船田明美の二人が、ソファに寛いで、それに耳を傾《かたむ》けていた。

ホームズが、ピアノの近くまで行って足を止め、じっと赤石を見上げた。

あの先生が、どうかしたのかしら？　晴美には分からなかった。

静かに曲を閉じると、赤石は、しばし目を閉じて、もの思いに耽《ふけ》っている様子だった。

――拍手をするというのも、何となくはばかられる雰囲気《ふんいき》だった。そこへ――。

「凄い！」

バンバン、と派手に手を叩いたのは、石津だった。

赤石は、石津の方を見ると、微笑して、会釈した。――やっと、みんながホッとした様子で、拍手をした。

「先生、どうしたの？」

と、ユミが訊いた。「このピアノ、もう弾かない、って言ってたじゃない」

「ああ」

赤石は、椅子を立って来ると、「これは特別なのさ」

「何か――悲しい曲ですね」

と、晴美は言った。「私、詳しくないので、よく分かりませんけど」

「私も知らないわ」

と、船田明美が言った。「何という曲ですか？」

「編曲物ですよ。まあ、かなり勝手に自分でアレンジしてしまって……」

「バッハのカンタータなの」

と、ユミが言った。「先生のお気に入りよね」

「そうだな。しかし……あまりいつも弾く曲じゃない」

「何かわけがあったの？」

と、ユミが訊く。

「子供はそんなこと、気にしなくていいんだよ」

と、赤石が、ユミの頭をポンと叩いたので、ユミはムッとしたように「先生」をにらんでやった。

「失礼いたします」

いつの間にか、風間がやって来て、入口の所に盆を手に立っている。「紅茶をお持ちしましたが」

「やあ、ありがとう」

赤石が息をついて、「そちらのレディたちに先にさし上げてくれ」

「充分にございますので、ただいま、カップを」

風間が、とりあえず船田明美と相沢弓子の二人に紅茶を出す。

晴美は、今赤石が弾いていた曲が、何か関係あるのだろうか、と首をかしげていた。

ホームズは、いつの間にやらピアノの椅子の上に上がって、また居眠りでもしているようだ。

晴美たちの方へ、風間が、

「今、カップをお持ちします。おかけになって――」

と、言いかけると、

「いや、参った！」

と、大きな声がして、サロンにドタドタと入って来たのは、栗原である。

「課長。――もう池の方は？」

「ああ、一応、すんだ。ほぼ完全な女性の白骨死体だ」

「怖いわ」

と、明美が顔をしかめる。

「いや、怖いのは、現役の殺人犯ですぞ。十年以上も前に死んだ人間など、何もしやしません」

そりゃ理屈はそうだろうけど、と片山は苦笑した。普通の人は、「死体」なんてものに慣れていないのである。

「そんなに古いんですか」

と、晴美が、コートを脱いで、ソファの上に投げ出した栗原に訊いた。

「うん。正確なところは分からんが、少なくとも十年はたってるだろう、ということだ。何しろ白骨化していて、自殺か他殺かも分からないんだ」

栗原は、やれやれという様子で、ソファにドカッと腰をおろすと、「そうそう。――これが出て来たんだ」

と、ポケットからビニール袋に入った物を取り出した。

「たぶん、あの骨になった仏さんがはめていたもんだろう」

「指環《ゆびわ》ですね」

と、片山はその袋を手に取って、「グリーンの石がはまってる」

「身許を割り出す手がかりになりそうだな」

と、栗原が肯いて、「正月早々、県警の連中はブツブツ文句を言ってたぞ」

「課長みたいな人ばかりじゃないんですよ」

と、片山は言ってやった。

すると、

「失礼いたします」

と、風間がそばに来て、言った。「その指環を見せていただけますか」

「どうぞ」

片山がビニール袋を手渡すと、風間はじっとそれを見つめていた。——表情は一つも変わらなかった。

「ありがとうございます」

と、風間がその指環を返す。

「見憶えがあるかね」

と、栗原が訊くと、風間は、静かに頭を下げて、

「ございます」

と、言った。「行方をくらまされた、金倉様の奥様がはめておられた指環でございます……」

晴美は息をのんだ。——反射的にホームズの方へ目をやると、ピアノの椅子の上で、ホームズは目を開いて、じっと晴美を見返していた。

3

夕食の時間までには、発見された白骨死体が、金倉正三郎の夫人のものだったらしいという話は、ホテルの客の中には知れ渡っていた。

夕食の話題も、当然、テーブルごとに別々だったとはいえ、同じ話題だったに違いなく、何だかいやに静かな夕食になってしまった。

「——いや、柔らかい肉ですね、これは!」

一人、いつもと変わらないのは、もちろん石津だった。

「思いもしなかった展開になって来たわね」

と、晴美は言った。

「段々気が重くなって来たよ」

と、片山は言ったが、料理の方はしっかり食べていた。

「本当に、あれが金倉さんの奥さんだったとしたら……。自殺？　他殺？」

「さあね。――しかし、若い男と駆け落ちしたってことになってたんだろ？」

「そう、風間さんの話じゃ、娘さんが七つか八つのころ、ってことだから、十……四、五年も前ね」

「あの死体が十年以上たってる、ってのも、合うわけだ。しかし、死体は一つ。――心中じゃない」

「ニャー」

当たり前だろ、ってな調子で、ホームズが鳴いた。

「ほら、ホームズ、お魚のムニエルよ」

「コレステロールのとりすぎじゃないのか」

と、片山は言った。「心中するのに、あんな浅い池に入らないさ」

「そりゃそうね。すると可能性としては――その一緒に駆け落ちした男が、殺したか」

「ニャー」

「何よ、文句あんの？」

と、晴美は口を尖らした。

「もし、奥さんが、金を持ち出したり、何か金目の物を持って、出たのなら、その男が奥さんを殺して逃げたとも考えられるな」

「ニャー」

「分かってるよ。それにしても近すぎる、っていいたいんだろ」

ホームズは、やっと安心した様子で、自分の皿に分けてもらったムニエルを食べ始めた。

「それもそうね」

と、晴美は肯いた。「もっと遠くへ逃げてからやるでしょうね、きっと」

「どうしてあんな近くで――」

と言いかけて、片山は言葉を切った。

食べる手も止まったが、それは皿がもう空になっていたせいだった。

「どうかしたの？」

「――簡単だ」

「え？」

「やあ、旨かった！」

石津がホッと息をつく。

「まさか」

と、晴美は言った。「でも――」

「理屈は合うだろ？」

と、片山は言った。「若い男と駆け落ちしようとする妻。それを見付けて、夫が――」

金倉が？　――金倉正三郎が、妻を殺したのか？

「で、死体をあの池に……」

「相手の男は怖くなって逃げたか、それとも待ち合わせた場所に彼女が来ないので、気が変わったと思って、行ってしまったか」

「筋は通るわ。でも、あの人が本当に――」

「今さら証拠は出ないよ。あくまで推測だ」

「そうね……」

片山たちのテーブルは、何となく重苦しい雰囲気になってしまった。

「どうかしたんですか？」

と、石津が一人、戸惑っていた。

――もし、今の推測が正しいとすると、ここでの殺人は三つになる。十四、五年前の、金倉の妻。十年前の金倉の娘。そして今の、金倉自身。

つまり、十四、五年にわたって、金倉家の親子三人が殺されたということになる。

そう考えていた時、片山は、ふと寒けが背中を走るのを感じた。

そう。――忘れているわけではない。

もう一人、殺された女がいる。津山信代である。

あの事件は、このホテルでの事件と、どこかでつながっているのだろうか？

「デザートをお持ちしました」

という、風間の声で、ハッと我に返る。

いつの間にか、料理の皿は下げられて、きれいなデザートが目の前に置かれていたのだった……。


いやになるぜ、全く……。

田口医師は、つい一昨日の夜と同じようなグチをこぼした。

正月くらいは——たとえすることがなくても——休んで引っくり返っていたいんだ。

それが、急な宿直を、また押し付けられてしまった。今夜来るはずだった医師が、

「ひどい風邪を引いて」

と、電話をして来て、「悪いけど、頼むよ。な」

断わるわけにもいかなかった。しかし、向こうはどう見たって「二日酔い」の声だ。

田口が少々ぼやきたくなるのも、当然というところだろう。

田口は、病室の、あの意識不明の男の様子を見て、廊下へ出た。血圧、脈拍など、大分安定して来ている。

この分なら、そろそろ意識を取り戻すかもしれない。意識が戻ったら、すぐ連絡してくれ

と警察から言われている。

何だか、警察も今日は大変だったようだ。

医者も警官も、何かありゃすぐに引っ張り出されるんだ……。

「あら、先生」

と、やって来たのは——こちらも一昨日の夜と同じ、看護婦のセツ子である。

「やあ。また一緒か」

「あら、うんざりですか？」

と、セツ子は、横目で田口をにらんだ。

「いや、そうは言ってないさ」

田口は欠伸をした。「まだこれから、夜は長いな」

「今日は刑事さんもいないと思いますけど」

セツ子が、何やら言いたげに田口を見る。

おい……。もうごめんだぜ、おとといみたいな騒ぎは。

そう思いつつ、結構、やって来れば拒まないだろうな、と思っている。

「——今日は、何だか大変だったんだろ？」

「あの〈ホテル金倉〉の近くの池で、女の人の白骨死体が見付かったんですって」

「白骨？」

「ええ。ずいぶん古いみたいですよ」

「だって——昨日、あそこの持ち主のじいさんが殺されたばかりだろ」

「そうなんです。それが、噂じゃ、白骨の方は、ずっと前に行方不明になってた、金倉さんの奥さんだったらしいとか……」

「へえ。そんな話、初耳だな」

「先生がここへおいでになる、ずっと前ですもの。十四、五年になるんじゃありません？」

「あの人の奥さんが？」

「若い男——ホテルの客だったらしいんですけど、その男と駆け落ちした、って。私、まだ子供でしたけど、大人たちがみんなその話で、しばらく持ちきりでしたわ」

と、セツ子は言った。

「しかし、白骨で見付かった、ってことは——」

「駆け落ちじゃなかった、ってことですね」

と、セツ子は肯いて、「興味津々《きようみしんしん》ですわ。お正月明けでないと、詳しいことは出ないでしょうけど」

「あのホテルも、主を失って、もうおしまいか……。他の患者は？」

「異常ありません。——この人、どんな具合ですか」

と、津山伸介の病室のドアへ目をやる。

「うん。大分良くなって来てるよ。ちょくちょく様子を見た方がいいかもしれないね」

「分かりました」

セツ子は、行きかけて、振り向くと、「先生、後でコーヒーでも?」

と、訊く。

コーヒーだけじゃない。――そのいたずらっぽく輝く目は、そう言っていた。

「そうだね」

田口は、肯いた。「後でもらうよ」

何もせずに一晩退屈しているよりは……。おとといは邪魔が入ったんだしな、と田口は思った。

「じゃ、用意しておきますわ」

セツ子の足取りが、弾むように軽くなった。

田口は、また欠伸しながら、ゆっくりと廊下を歩いて行った……。

――一回りして、戻って来るのに、大した時間は必要なかった。

宿直室に入ると、もうプンとコーヒーが匂って、田口の目を覚まさせた。

インスタントでなく、ちゃんとコーヒーメーカーでいれているので、香ばしい匂いが部屋中に充ちている。

なかなか悪くないね、と田口は思った。殺風景な宿直室も、何となくロマンチックな雰囲気になる。

そう。——この間は、どうもロマンに欠けてたよな。

途中で、男が三人も飛び込んで来たりして……。今夜はゆっくり楽しめるだろう。

しかし——どこに行ったんだ？

肝心の、セツ子の姿が見えないのである。

「まあ、いいや。どうせすぐ戻るだろ」

と、田口は呟いた。「先に一杯いただくかな……」

コーヒーをカップへ注いで、ブラックのまま、一口飲む。

いい味だ。——いつもは粉をケチって、薄くなるか、煮出したように苦くなるが、今日のは違う。

これこそコーヒー……。

その時、田口は、ソファの後ろから、白い足がはみ出しているのを、目に止めた。

あれは——もしかしたら——。

カップを置いて、あわてて駆けて行くと、ソファの後ろで、セツ子が倒れている。

「おい！　どうしたんだ！」

と、田口が声をかけ、そして、ふと後ろに人の気配を感じた。

振り向くと同時に、拳が田口の顎にぶち当たる。田口はソファの上に引っくり返り、そして、完全に気を失ってしまった……。

——サロンには、何となく、ホテルの客たちが集まって来ていた。

奇妙な空気だった。——誰もが、話をしたくてたまらない。それでいて、口を切るのが怖い。

勢い、大勢人はいるのに、いやに静かになってしまうのである。

「——お飲み物のご注文を承ります」

相変わらず、いつ来たのか分からない風間が声をかけると、みんなホッとする。

「私、ジュース」

と、船田ルミが言った。

「もうだめよ。あなたたちは寝なきゃ」

と、明美が言った。

「いいでしょ、お正月くらい」

と、収が大人びた口をきいたので、みんなが笑った。

「——子供のころは、大人と一緒に夜ふかしできることが嬉しいものですよ」

と、相沢が言った。「それに子供は自然に眠くなれば、眠ってしまう」

「じゃ、ジュースを飲んだら、お部屋に戻るのよ」

と、明美が言った。

みんな思い思いに飲み物を注文しても、風間は一切メモをとらない。

「かしこまりました」

と、一礼してサロンを出て行った。

「大した人ね」

と、弓子が言った。

「プロだな」

と、相沢が肯く。「やあ、名ピアニストのお出ましだ」

一ノ瀬ユミが、赤石と一緒にサロンへ入って来た。

「もう少し若い人にエスコートしてほしいなあ」

と、ユミがぼやいた。

「こら。恩知らずめ」

と、赤石が笑う。

「——何か弾いてくれる？」

と、明美が言った。

「いいけど……。他にも弾ける人、いるんでしょ」

と、ユミが言った。

「そうだわ。明美さん、やっておられたんでしょ」

と、弓子が言った。「ぜひ一曲」

「――ママ、弾けるの？」

と、収とルミが目を丸くする。

「ずっと昔のことよ」

と、明美は照れたように言ったが、すすめられて嬉しそうだった。

「じゃあ、ぜひ――」

と、みんなに口々に言われて、

「指が動くかしら」

と、呟きながら、ピアノの前に座った。「――もう何十年もピアノに触っていないみたいな気がしますわ」

「僕も聞いたことないぜ」

と、夫の船田悠二が言った。

「だって、中学生くらいで挫折したのよ。みっともなくて……」

頬を赤らめながら、明美は弾き始めた。

――片山と晴美は、顔を見合わせた。

とても素人のピアノではない。誰しも、意外の感に打たれたように、聞き入っている。

もちろん、一ノ瀬ユミのように、プロ級とはいかないが、それでも充分にピアノを鳴らし、指は滑らかに躍っていた。

「〈アラベスク〉。シューマンの」

と、ユミが低い声で、片山の方へ言った。「凄く難しいのよ」

明美は、まるで時間のたつのも、そしてサロンに集まっている人たちのことも、すべて忘れてしまったかのように、弾いていた。

曲が進むにつれ、目は指先を追わずに、遠くを見つめるようになって来た。ダイナミックの幅は広がり、音色が一秒ごとにパレットの色を増すのが、片山のような素人にも分かる。

——演奏が終わっても、しばらくは拍手も起きなかった。みんな、すっかり呑まれてしまった格好だったのである……。

「——凄い、ママ！」

と、ルミが真っ先に拍手した。

大人たちがそれに続いた。明美は赤くなって、しかし嬉しそうに立ち上がり、会釈した。

「いや、驚いた！」

と、船田が首を振って、「女房にこんな特技があったとはね！」

「大げさよ、あなた」

と、明美はソファに戻った。

「失礼だが――」

と、赤石が、明美の前に立って、「奥さんの、結婚前の姓は、何とおっしゃいましたか?」

「家内ですか? 牧原《まきはら》といいます」

と、船田が答える。

「やはり」

と、赤石は肯いて、「コンクールで二位になられましたな、牧原明美さん」

「昔のことです」

と、明美が、照れくさそうに言った。

「凄いわ、ママ」

と、ルミが寄って来る。

それがきっかけになって、あちこちで話が始まった。

「――すてきね。ああやって、パッとピアノが弾けると」

と、晴美が言った。「私も〈猫ふんじゃった〉は上手《うま》いんだけど」

それを聞いて、ホームズが、

「ニャー」

と、抗議した(?)。

「ねえ、ママ、お家《うち》でも弾いてよ」

と、ルミが言った。「私も、ピアノ、習いたい」

「だめよ」

と、明美は思いがけないくらい、強い口調で言ってから、ちょっと後悔した様子で、「買うのはパパにお願いしなさい。本当に好きなら、習わせてあげる」

「パパ！　ピアノ買って！　いいでしょ？」

「うん……」

「ワーイ！　約束だよ！」

「おい、今のは別に、買うと言ったわけじゃ――」

船田の抗議は無視されて、ルミはピアノの所へ駆けて行くと、ポンポンと、でたらめにキーを叩いている。

「買うしかないようですな」

と、赤石が笑って言った。「ですが、奥さん」

「え？」

「どうして、お子さんにはピアノをやらせたくないんですか」

「それは――」

明美は、ちょっと言い淀んで、「母が、とても厳しくやらせたからですわ、私に」

「なるほど。自分の子供には、そんな気持ちを味わわせたくない、と」

「はい」

明美は肯くと、言った。「何でもピアノが第一。ピアノ、ピアノ……。上手に弾けたら、買ってあげる。上手に弾けたら可愛がってあげる……。上手に弾けないと、『あんたは私の子じゃない！』と言われました。もちろん、母としては、叱る言葉の一つにすぎなかったんでしょう。でも、子供心には、ドキッとする言葉でした。もしかしたら、本当に私はお母さんの子じゃないのかもしれない、と……。お分かりですか？　そんな考えが、子供にとって、どんなに恐ろしいものか。——真剣に悩んだものです。ですから、私は決して自分の子供に、あんなことをしたくないのですわ」

明美の話は、そばにいた夫や、片山たち、そして、赤石に聞こえただけだった。しかし、聞いた誰もが、胸を打たれている様子だった……。

「ニャー」

ホームズが、明美の足下で鳴いた。

「あら、慰めてくれるの？　ありがとう。やさしいのね」

と、明美が微笑む。

しかし——片山は、そのホームズの鳴き方に、どこか意味ありげなものを、聞いたような気がした。

「お待たせいたしました」

いつ来たのか、風間がワゴンを押して、やって来ていた……。

4

「金倉エリ子というんだ」

と、栗原が言った。「姿を消した時、三十歳」

「すると、金倉正三郎がその時……五十五、六だから、二十五歳ぐらい年齢が違うんですね」

「そういうことだ」

と、栗原は肯いた。

片山たちの部屋である。

サロンから引き揚げて、さて風呂に入って寝ようか、という時、栗原が、えらく元気良くやって来たのである。

晴美とホームズも「召集」されて、話を聞いていた。

「――三十歳というと、可愛という子を産んだのが二十二、三？」

「金倉が、所用で、東京へ出た時、ちょうど女子大を出たばかりのエリ子と会っているんだ。――ま、詳しいことはよく分からんが、父親を早く亡くしたので、年上の男に憧れていたらしい」

「なるほど」

と、片山は肯いた。「それですぐに結婚ですか」

「その若さでね」

と、晴美は首を振った。「手にとるみたいに分かるわ」

「何が？」

「その奥さんの気持ち。――落ちつきのある紳士に、一旦はポーッとなっても、こんな都会から遠く離れた所に引っ込んで。夢がさめるのも、きっと早かったと思うわ」

見て来たようなことを言うのは晴美のくせだが、この場合は当たっているかもしれない、と片山は思った。

「そうですか……」

と、石津が、しみじみと、「僕なら、料理が旨けりゃ、辛抱するけどなあ」

「お前だけだ」

と、片山は言ってやった。「でも課長。その話はどこで調べて来たんです？」

「どこの町にも、その手の話に詳しい年寄りってのがいるもんさ」

と、栗原はニヤリと笑った。「俺は年寄りには**うけ**がいいんだ」

分かります、と言いかけて、片山は何とか思い止まった。

「かなり噂になったんですか」

と、晴美は訊いた。

「ああ。そりゃ小さな町だ。それに、その以前にも、エリ子は、泊まり客の若い男と、何度か恋に落ちたと言って、出て行こうとしている」

「夫にそう言って？」

「うん。もちろん、金倉は許さなかったわけだが」

まあ、そう簡単に、はいどうぞ、ってわけにいかないってことは、片山にも分かる。

「でも、子供がいたのに」

と、晴美は言った。

「娘が小さいうちは、まだ良かったらしい。しかし、そろそろ学校へ行くというころになると――」

「分かります」

と、石津が突然言った。「むなしさを感じたんですね」

片山は、危うく、ソファから落っこちるところだった……。

「じゃ、エリ子が行方不明になったと知っても、町の人は大してびっくりしなかったわけですね」

と、晴美が訊いた。

「とうとうやったか、ということだったらしい。もっとも、相手が誰か、ってことは、大分話の種になったようだが」

「相手の男のことは、分かってるんですか」

「いや、はっきりしていないようだ」

「でも、それなら――」

と、晴美が言いかけると、ドアをノックする音がした。

石津が行って開けると、

「お呼びとうかがいまして」

と風間が立っていた。

――全く、いつもいいタイミングでやって来るよ、と、片山は思った。

いや、もしかすると、廊下で今の話を、聞いていたのかもしれない……。

「――奥様がいらっしゃらなくなった日のことは、よく憶えております」

と、風間は肯いた。「朝、旦那様と奥様のお部屋へいつものように朝食をお持ちしますと、旦那様が一人で、しかもベッドも、おやすみになった様子がございません」

「それで？」

「どうなさったのかと思っていますと、旦那様はしばらく窓の外を見ておられましたが、私の方を振り向かれて、『今日から、妻はいないからな』とおっしゃいました」

風間は、ゆっくりと首を振って、「びっくりして、突っ立っていますと、『あいつは男と逃げた』と……。そして、『捜しても仕方ない。放っておくんだ。可愛のことは、お前にも頼むぞ』とおっしゃって」

晴美が、

「誰と逃げたか、言ったの？」

と、訊いた。

「いえ。――ただ『男』とおっしゃっただけです」

「その時、一緒にいなくなった客はあったのかね？」

と、栗原が訊く。

「ゴルフをなさる方たちが、朝早く、何人か団体で出発なさいました。しかし、その中のお一人とも考えにくいのですが」

「そりゃそうだな。一人客では？」

「いえ、特にいらっしゃいません。しかし、私としては、旦那様のお言葉を信じるしかないわけでして」

「もちろんさ。そりゃ分かってる」

と、栗原は大きく肯いた。「このホテルの客以外の男ということも考えられるからな」

「はい」

風間は、少しホッとした様子だった。「ですが——あのころ、旦那様は、かなり、奥様のことを見張っておいででした。正直なところ、よく、逃げられたとびっくりしたのです」

「ところが実際は、だ……」

と、栗原は息をついて、「考えてもみなかったか。あんなことは」

風間は、少しの間、答えなかった。

「考えませんでした」

という言葉は、しっかりとして、しかしいくらか個人的な思いをこめているように、片山には聞こえた。

「生きておられると信じたかったのかもしれません。——奥様は、すてきな方でした」

風間が、ふっと目をそらす。——その目が光っている。

「まあ……」

と、栗原は息をついて、「あれが、金倉夫人の死体だとは、まだ断定できない。今、東京の歯科医に当たるべく、調査中だが、何しろ正月だからな」

「はい」

風間は、もういつもの表情に戻っている。

「——どうだね」

と、栗原は少し間を置いて、言った。「金倉さんが、奥さんを殺した、と思うかね？」

風間は、ちょっと首を振って、

「私は現実的な人間でして……。分かったことしか、頭にはございませんので」

と、言った——。

風間が出て行くと、みんな一様にホッと息をついた。

ホームズはどうか分からないが、ただじっとベッドの上に座っている。

「あの人……」

と、晴美が言った。「好きだったのよ」

「うん」

片山は肯いた。「ありえないことじゃないな」

「よく分かります」

石津も、いつになく神妙な面《おも》もちである。

「風間も、まだ三十代だったろうしな」

と、栗原は言った。「しかし——不思議な男だ」

ふと、片山は思った。

もし、風間が、あの白骨が上がるより前に、あのことを知っていたとしたら？

そんな機会はあっただろうか？

もし、あったとして——金倉が妻を殺したのだと風間が思ったら……。

風間が金倉を殺すことも、ありえないことではない。

「――お兄さん、何をぼんやりしてるの？」

「いや、何でもない」

片山は、今の考えは、胸の中へしまっておこう、と思った。

「ねえ、お兄さん」

「何だ？」

「風間さんが、奥さんの敵《かたき》討ちで、金倉さんを、殺した、ってことも考えられない？」

――片山はがっかりした。


ともかく、くたびれた。

片山は、先に風呂へ入り、ベッドの上に引っくり返っていた。

バスルームでは石津が盛大にシャワーの音をたてている。

「やれやれ……」

たまにゃのんびり休みたいのに、せっかくの正月がこの始末だ。しかも課長と一緒とくりゃ、言うことなしだ！

しかし、果たしてこの事件、解決するのだろうか？　――何といっても、十五年も前の事件と十年前の事件が絡《から》んでいる。

はっきりと、明快な解決を出すのは、とても不可能のような気がした。

——早いとこ、東京へ帰って、のんびり寝たい……。

ウトウトしているところへ、電話が鳴り出して、片山は飛び上がった。何しろ古い電話なので、音が大きい。

何だ、今ごろ？

「——はい、片山。——もしもし？」

と、呼びかける。

向こうは何も言わない。しかし、電話は切れていない。

「もしもし？——どなた？」

と、重ねて訊くと、

「俺だよ」

と、低い声が聞こえた。

「え？」

俺？——そんなこと言われたって、分かるか！

片山は、学生のころ、誰かから電話をもらったことがある。

「あ、俺だよ、俺」

と、その声は言って、「明日さ、映画の指定席券が余っちゃって。お前行くだろ？」

片山は相手に向かって、

「お前、誰？」

とは、どうしても訊けなかった。

そして次の日、その映画館の前で、じっと誰か分からない友だちの来るのを、待っていたのである。それで——結局？

誰も来なかったのだ。後になって考えても、片山にはさっぱり分からなかった。

ずっと後になって、きっとあれはそもそもが、かける相手を間違えていたのに違いない、と思い当たったのだが。

今、片山は突然、そんなことを思い出していた。

「俺さ。——津山だよ」

向こうは名のってくれた。

「津山——」

片山は呆気にとられた。「天国からか？」

向こうが笑い出した。

「いや、お前は面白い奴だな」

と、津山は言った。「意識が戻ったのさ。それで、病院から逃げ出して来た、ってわけだ」

「何だって？」

「おい。――話があるんだ。二人きりで。いいだろう?」

片山は戸惑った。

「しかしね――」

「俺を逮捕しない、と約束してくれ」

片山は面食らった。

「無茶言わないでくれ! 僕は刑事なんだ」

「分かってる。しかし、お前は少し、他の刑事と違ってる、って気がするんだ」

と、津山が言った。「なあ、ほんの十分くらいでいい。刑事ってことを忘れて、会ってくれないか」

片山は困ってしまった。

もちろん、こんな話を受けるわけにはいかない。断固としてけるべきだ。

それとも、承知しておいて、こっそり警官を連れて行き、津山が現われたところで逮捕するか……。

しかし、片山は、自分がそのどっちもしないだろうと分かっていた。――しようがない。

これが俺の性格なんだ。

「分かったよ」

と、片山は言った。

「ありがとう」

と、津山は言った。「今、俺はホテルの近くへ来てる。――出て来てくれるか」

「どこへ？」

「自転車置場がある。分かるだろ？」

「ああ」

「そこの裏にいる。――十分もあれば行くよ」

「分かったよ」

片山は、もし津山が、「本当に一人で来いよ」とか、「騙《だま》すつもりじゃないだろうな」とか、くどくど言うようなら、考え直したかもしれない。

しかし、津山は片山を信用したのだ。片山が承知したら、もう念も押さなかった。そうなると、片山としても、津山を裏切るわけにはいかない。

「しようがない……。行くか」

バスルームからは、石津の調子外れな鼻歌が聞こえている。片山は、服を着ると、コートをはおり、部屋を出た。

今ごろ外へ出ると知ったら、晴美は何だと思うだろう。――こっそり出かけないと。

片山が階段を下りて行くと――。

「どこに行くの？」

頭の上で声がした。足を止めて振り向くと、晴美とホームズが見下ろしている。

「おい……。お前、俺を見張ってるのか?」

「何言ってんのよ」

と、晴美が言った。「石津さんの歌がね、私とホームズの部屋にも聞こえるの。そしたら、急に聞こえ方が変わったじゃない。ドアが開いたってことだわ。で、どこへ行くのかな、と思ったわけ。以上」

「ニャン」

片山は、晴美の所まで戻ると、津山からの電話のことを打ちあけた。

当然、晴美は、

「私も行く!」

と言い出したが、片山は、

「それはだめだ。約束は約束だよ」

と、言い張った。

「うーん……。そりゃそうね」

と、晴美は口を尖らして、「仕方ない。諦めるか」

「そうしてくれ」

「でも、津山って人、『一人で来い』って言ったんでしょ?」

「ああ」

「じゃ、一匹ならついて行ってもいいんじゃない？」

片山としては、津山がその理屈で納得するかどうか、確信は持てなかった。しかし、まあホームズなら、見えないようについて来ることもできるだろう。

「ホームズ。ちょっと寒いかもしれないけれど、我慢して、ついてってよ」

晴美に言われて、ホームズは、少々恨めしそうに、「ニャー」と鳴いたのだった……。

5

サロンでは、一ノ瀬ユミが、一人でピアノを弾いていた。

時には練習曲のような、時には、ポピュラーミュージックらしい曲も、弾いている。いかにも楽しげだ。

「――ごめんなさい」

ユミがピアノを弾く手を止めたのに気付いて、弓子は言った。「つい聞き惚れちゃってたのよ」

「構わないわ」

と、ユミは言った。「聞いてもらってる方がいいの。先生以外の人なら」

「まあ」

と、弓子は笑った。

「――まだ寝ないの？」

と、ユミは訊いた。

「それは、私があなたの方に言うことだわ」

と、弓子は言った。

「音楽家は夜がたいていリサイタルだもの。それに合わせた生活してる方がいいの」

と、ユミは言って、小さなメロディを弾いた。

「あなたみたいな年齢から？」

「そう。――だって、他に何もできないんだもん、私」

「まあ」

弓子は、この少しませた少女と話しているのが楽しかった。

「ね、どうしてここに来たの？」

「別に……。なかなか眠くもならないし」

「だって、ご主人がいるんじゃない。眠れるでしょ」

ユミの言い方に、何だか弓子が少々照れている。

「今、仕事してるの」

「お正月に？」

「そう。ビジネスに休みはない、って」

「へえ。――ね、赤ちゃん、いるのね」

「お腹にね。まだ、できたて」

「動く？」

「まだ先のことよ」

と、弓子は言った。「どうして？」

「触ってみたいんだ。お腹の中で動いてる、なんて凄いじゃない」

「じゃ、東京まで、触りに来てちょうだい」

「いい？　――本当に行っちゃうよ」

と、ユミは目を輝かせている。

「ええ、どうぞ。手紙でも電話でも、ちょうだい。待ってるわ」

「嬉しい。――その子が生まれたら、お祝いにピアノを弾くわ。これしかできないから」

「すてきよ」

ユミは、気の向くままに、という感じで、弓子にも聞いたことのあるメロディを弾き始めた。

「これ――何の曲？」

「サティ。〈ジムノペディ〉よ。——はやってるの」

「サティ、か……」

ピアノにもたれて、弓子は、音楽に耳を傾けた。——フランスの作曲家だっけ。

ふと、その「フランス」が、あのパーティを思い出させた。あの夜、夫はどこへ行ったのか……。

「——どうかしたの?」

と、ユミが訊いた。

「何でもないわ」

弓子は、急いで言った。

「何だか——他のこと考えてたわ」

この少女の敏感さに、弓子はびっくりしていた。

「色々、もの思いに沈むことがあるのよ。女もこれぐらいの年齢になると」

「ね、いくつなの?」

「私? ——三十三よ」

「私、十四。——二十歳ぐらいしか違わないんだ」

「そうね」

と、弓子は笑った。

そして、ふと思った。――そうなのだ。自分はまだ若く、そして、人生はこれからなのだ、と……。

「――さあ、もう寝ようかな」

と、ユミは、ピアノの蓋を閉じた。

「そうね。私も戻るわ」

「もし、ご主人がまだ仕事してたら、けっとばしちゃえば？」

弓子はふき出した。

「そうしようかしら。――あなた一人で寂しくない？」

「あの刑事さんの所へ行こうかな」

「え？　片山さん？」

「そう。――やさしそうだし、絶対、変なことしそうもないし」

「そうね。とても誠実そう」

「結婚相手には少し年齢がねえ……」

と、ユミは真剣な様子で、首を振っている。

二人で、サロンを出ようとした時だった。

戸外で、ズドン、と鋭い銃声が響きわたったのだ。

少し、時間を戻して——片山は、ホームズを抱いて、ホテルの外へ出た。

フロントには幸い風間の姿もなく、誰の目にも触れずに出られたようだ。

しかし、外の寒さは、片山が少々眠くても一気に目が覚めるほどの強烈さで、東京とは比べものにならなかった。

風がないので、我慢できたが、それでも、冷たさがコートを素通りして、しみ込んで来るようだった……。

「——どうして、こんな時に外へ出なきゃいけないのかな」

と、ブツブツ言っていると、

「ニャー」

と、ホームズが懐ろの中で鳴いた。

「そりゃ、お前はいいさ。あったかいだろ」

まあ、片山の方もホームズのおかげであったかくなっている。お互い様というところか。

貸自転車が並んだ、屋根だけをしつらえたような場所。——もちろん、人気はない。

ただ、青白い蛍光灯がポツンと灯っていて、その周囲に頼りない明るさを投げかけている。

片山は、その裏手に回って、足を止めると、

「——いるのか？」

と、声をかけた。「おい、津山」

「ここだ」

ガサッと音がして、片山がちょっとギクリとするほどの近くから、津山は、現われた。

「もう大丈夫なのか」

と、片山は訊いた。

「心配するな。——一人か？」

「猫がいる」

「何だって？」

「三毛猫がね。——カイロの代わりだよ」

「ニャー」

と、ホームズがタイミング良く鳴く。

津山は、呆気にとられていたようだが、やがて、ちょっと笑うと、

「全く、お前は面白い奴だ」

と、言った。

「悪いことは言わないよ。まだ病院を出ちゃいけないんだろう」

「どうでもいいさ。——長生きしたところで、どうなるってもんじゃない」

津山は、木の幹にもたれた。少し辛そうに見える。

「どこか痛むのか」

「放っとけ。——訊きたいことがあるんだ」

「その前に教えてくれ。車にはねられたのは誰かに突き飛ばされたのか」

「こいつは自分のドジで」

と津山は苦笑した。「林の中を歩いてて、誰かが追って来たような気がしたんだ。あわて
て飛び出したところへ車が来た」

「そうか。分かった」

「病院で医者がしゃべってたのを聞いたんだ。このホテルのオーナーは死んだのか」

「金倉正三郎さんか。——ゆうべ、誰かに殺されたんだ」

「ゆうべ？」

片山は、手短かに、あのサロンでの出来事を話してやった。

「そうか……。十年前と同じことを……」

「犯人はまだ分かっていない。ただ、あの時、サロンの中にいた人間の一人だろうけどね」

津山は、少し間を置いて、

「もう一つ、訊きたいんだ」

と、言った。「この近くの池から、女の白骨死体が上がったって？」

「うん。——そうなんだ」

「確かなのか。その……金倉の女房だっていうのは」

「いや、まだ確認はとれてない。ただ、指環がね」

「何だって?」

と、津山が鋭く訊き返した。「指環?」

「うん。その白骨と同じ所で見付かったんだ。——風間さんが、金倉さんの奥さんのものだと証言してる」

「そうか」

津山は、片山から顔をそむけた。「——そうか」

自分に向かって呟いているようだった。

「何か知ってるのか」

と、片山は言った。「話してくれ」

津山は、しばらく片山をじっと見ていたが、やがて、息をつくと、

「いいだろう」

と、肯いた。「お前は変わった刑事だな」

「ありがとう」

礼を言うのも、変わっているのかもしれない。

「金倉の女房は、男と駆け落ちしたことになってた。そうだろう?」

「うん」

「ところが、実際は骨になって池に沈んでた、か……。確かに、男と逃げようとしてたのは本当なんだ」

と、津山は言った。

「どうして知ってる？」

「俺がその相手だからさ」

津山は、あっさりと言った。

「――本当に？」

片山は啞然とした。

「嘘ついて、どうするんだ？」

「しかし――風間さんは何も言ってなかったよ」

「あの男は知らない。彼女だけが知っていたんだ」

「というと……客じゃなかったのか」

「その時、俺は二十歳そこそこだよ。大学生さ、金のない」

なるほど、そういう計算になる。

「じゃ、どこかよそに――」

「この裏さ」

「この裏？」

「テントを張ってて、タダで泊まってた、ってわけだ。――本当はもちろん、いけないんだぜ、ホテルの敷地の中だからな。しかし、今よりも、林は深かったし、昼間、近くへ来る奴もいなかったから、見付からなかったんだ」

「それで、金倉エリ子とは――」

「食堂へ入る金もないから、調理場へ行ったんだ。残りものでもないかと思って、そこでバッタリ、彼女と出会ったのさ」

「なるほど」

「彼女は、俺を空いてる客室へ連れて行って、風呂へ入らせた。そしてルームサービスで、自分の部屋へ料理を運ばせ、食べさせてくれたんだ」

「恋仲になったのか？」

「その日のうちにね。金倉は、仕事で出ていて、その日は帰らないことになっていたんだ。俺も――年齢は違うが、彼女に夢中になった」

津山は、息をついた。少し苦しそうだ。

「おい、無理するな」

「大丈夫さ。――俺は、一週間も、この辺りにテントを張ってたんだ。その間、彼女とこっそり会ってたが、誰も気付かなかった。信じられない話だけどな」

「じゃ……二人で逃げようとしたのか、本当に？」

津山は、目を伏せた。

「俺は……若くて、無鉄砲だったからな。そのつもりだった。彼女も、初めは……」

津山は、ゆっくり首を振って、「明日、逃げよう、と決めた、その日の夜、彼女はテントまでやって来た。そして言ったんだ、泣きながら。『子供を残しては行けない』ってな」

「やめたのか」

「そうだ。――俺も、彼女の気持ちが分かった。だから、次の朝、一人でテントをたたんで、出発したんだ。しかし、忘れたことはなかったぜ」

片山は、少し考えてから、

「君は十年前、あの子が殺された時、このホテルに来ていたんだろう?」

「ああ」

「何かわけがあったのか」

「もちろん、彼女に会いたかったのさ」

と、津山は言った。「俺も二十六になっていた。仕事も持って、ちゃんと生活していた。――客として、ここへ泊まろうと思ったんだ。彼女と、またどうこうしよう、って下心があったわけじゃない。ただ、彼女が幸せそうにしてれば、それでいいと思ったんだ」

「そうか。じゃ――いないので、驚いただろう」

「ホテルのボーイから、彼女は誰か男の客と逃げたみたいだ、と聞いたが、俺はてっきり、彼女が他の男と逃げたと思ったんだ。まさか自分のことだとは、思いもしなかった。胸の痛みはあったが、彼女がそれで幸せならいいと思った。ところが夜──あの事件だ」

津山は首を振って、「何てひどい奴がいるんだ、と思ったよ。その時、彼女がいなくなったのが、ちょうど俺と逃げようとしていたころだったと聞いたんだ」

「誰から？」

「警察でさ。世間話の間にね。俺は、きっと彼女が一度は諦めても、やっぱり我慢できなくなって、一人で逃げたんだと思った。それを、金倉が、男と逃げたと説明してるんだ、とね」

「なるほど」

「俺の所へ連絡して来ればいいのに、とも思ったけど──しょせん、あのころの俺は大学生だ。頼られても、困るだけだったしね」

津山は、じっと腕を組んで、「ところが──今日の話で、びっくりした。彼女らしい白骨死体が──」

突然ホームズが、

「ギャーッ」

と鳴くと、片山の懐ろから飛び出した。

猛然と宙を飛ぶと、津山の顔へと飛びかかる。

「ワッ!」

津山が、あわてて頭を下げて、よろけると、尻もちをついた。

同時に、腹に応える銃声がして、たった今まで津山がよりかかっていた木の幹が、えぐり取られた。

「散弾銃だ!」

片山は叫んだ。「誰だ!」

もう一発、銃声が、冷たい空気を震わせ、片山はあわてて伏せた。

しかし、その一発は、逃げるためのもののようだった。

タタッと足音が遠ざかる。

「おい、大丈夫か! ——津山!」

返事がない。

片山は、起き上がって、振り向いた。

ホームズが、じっと片山に背を向け、林の奥を見ている。

「おい、ホームズ、津山は?」

訊くまでもなかった。かすかな足音が、林の中へと消えて行く。

「逃げたか……」

片山は息をついた。「危なかったな、ホームズ」

「ニャオ」

ホームズが、ヒョイと片山の胸の所へ飛び込んで来る。

「分かったよ。――しかし、参ったな」

初めて片山は気付いた。この状況を、栗原にどう説明したらいいか、分からないということに。

津山と会ってた、と話したら、栗原はカンカンになって怒るだろう。といって……こんな夜に散歩か？

しかも、その最中に狙い撃ちされるなんて……。

「おい、うまい言いわけ、ないか？」

と、片山が訊いても、ホームズは、

「ニャー」

と言うばかり。

そこへ、駆けつけて来る足音と、

「お兄さん！」

晴美の声だ。

「どうにでもなれ、だ」

片山はそう呟くと、首をすぼめて、ホテルの方へと駆け出したのだった。

第五章　メッセージ

1

片山が廊下へ出ると、晴美もちょうど部屋から出て来たところで、

「おはよう、お兄さん」

「ニャー」

と、ホームズもお腹が空いているのか、せかせかと先に行ってしまう。

「どう？　今朝の気分は？」

「悪くない」

と、片山は言った。

負け惜しみではない。何しろ重要参考人として手配中の男と、「逮捕しない」と約束して会っていたのだ。

栗原は、片山の話を黙って聞いた上で、

「明日の朝食の席で話をしよう。——今夜はもう寝ろ」

と、言ったのである。

「クビになるかと思うと、ホッとした気分だ」

「変なの」

と、晴美は苦笑した。「じゃ、私は一生、結婚もせずにお兄さんの面倒をみるわけなのね」

「誰も、そんなこと言ってないだろ」

と、片山は顔をしかめて、「ちゃんと仕事を見付けて働くさ」

「ともかく、朝食にしましょ」

晴美は兄の腕を取って、階段を下りて行った。

食堂へ入って行くと、栗原が、奥のテーブルで手を上げた。——石津も一緒だ。

「全く、食べることだけは素早いんだからなあ、あいつ！」

片山は栗原の前に立つと、「——おはようございます」

と、頭を下げた。

「おお、早く食べろ。石津の奴が、ホテルの卵の在庫を食い尽くしちまうぞ」

と、栗原は意外に上機嫌。

これが怪しいのである。今日の天気の話でもするような調子で、「クビだよ」と来るかもしれない。

「昨日はご苦労様でございました」

と、風間がオーダーをとりに来る。

「ありがとう」

片山は、石津にならって（?）、充分に朝食をとることにした。

「――例の白骨死体の方は、まだ確認がとれん」

と、栗原はベーコンを食べながら言った。「しかし、一つ興味深い証言があったぞ」

「というと……」

「津山信代が殺された時、逃げて行く男を、トラックの運転手が見てただろう。色々モンタージュをやったところ、一枚の写真が送られて来た」

「そうですか……」

片山はコーヒーをもらって飲み始めたものの、何となく落ちつかず、「で、課長、ゆうべのことですが――」

「銃は見付かっとらん。林や池の沢山ある所だからな。どの辺に隠したか、分かったもんじゃないな」

「はあ」

「これを見ろ。――その写真だ」

と、栗原がテーブルに写真を置く。

モンタージュで作られた写真というのは、やはりどこかアンバランスで、非人間的な印象を与える。

「――どこかで見たような」

と、石津が食べる手を休めて（もう皿は空だったから）覗きこんだ。

「この顔――」

と、晴美が片山を見る。

もちろん、片山にもすぐに分かった。――よく似ているとも言えないが、関係者の中で誰か、と言われれば、はっきりしていると言わざるを得ないだろう。

「相沢さんだわ」

と、晴美が言って、ハッとして食堂の中を見回す。

「いないな」

と、片山は言って、「もしかして逃げたんじゃ――」

「ニャオ」

ホームズが、焦るな、とでも言うように、おっとりと鳴いた。

風間がコーヒーを運んで来る。

「風間さん、相沢さんは、もう朝食をすませたの？」

と、晴美が訊く。

「いえ、今朝はお部屋で、というご希望でございましたので」

「まあ、こんな時にルームサービスまで？」

「それが仕事でございます」

と、風間が微笑む。

そこへ、臨時雇いのウェイトレスがやって来た。

「風間さん、お電話です」

「ああ、分かった。——卵の方も、すぐにお持ちいたします」

と、風間は急いで戻って行った。

「——相沢が、津山信代の恋人の一人だったんですかね」

と、片山は言った。

「考えられることだな」

「しかし——津山伸介も、相沢も、十年前、ここの客だったんですよ。それが偶然、津山信代の夫と恋人だったなんてこと、ありますかね」

「偶然ってのはあるものさ」

と、栗原は言った。「偶然でないってこともある」

「つまり、津山と相沢が、知り合いだった……」

「ニャー」

「そうよ、ホームズ」

と、晴美が肯いて、「津山信代が二人を知ってた、とも考えられるわ」

「そうだな……。考えてみれば、津山信代が結婚前、何をしてたのか、僕らは知らない。その辺から調べる必要がありそうですね」

「いま、当たらせている」

と、栗原はパンをペロリと平らげて言った。

「さすがに栗原さんですね」

と、晴美におだてられて、栗原が少々照れている。

「それで、課長――」

と、片山は咳払いをして、「ゆうべのことなんですが――」

「ゆうべ？　何だったかな」

「津山のことです、もちろん」

「ああ、あれか。まだどこかで隠れてるらしいな」

「ええ。ただ、僕としては――」

「正月はどうせ、いつもなら休みだ。いちいち休み中のことで処分なんかしてられるか。食べ終わったら、相沢氏を訪問しよう」

「はあ……」

片山は、拍子抜けの様子で、半分ホッとし、半分がっかりしていた……。

卵料理が来たが、運んで来たのは、ウェイトレスだった。

「ナイフとフォークがないよ」

「す、すみません。アルバイトなもんで」

高校生ぐらいの娘である。赤い頰《ほ》っぺたをして、気の良さそうな娘だった。

晴美は、何だか足をトントン叩かれているのに気付いて下を覗いた。

ホームズが晴美を見上げている。

そして、トットッと食堂から出て行ってしまった。——何だろう？

「ちょっと失礼」

晴美は、席を立つと、ホームズの後を追った。どうやら、ついて来い、と言っているように思えたのだ。

ホームズはロビーに出ると、ちょっと何かを捜している様子で、足を止めて、左右を見回した。

「どうしたの、ホームズ？」

と、晴美が声をかける。

ホームズが、タタッと駆け出すと、ロビーのソファの背もたれの上まで駆け上がって、表を見ている。

「何かあるの？」

一緒になって外を覗くと、風間が——いつの間に食堂から出て行ったのか——コートをはおって、急いで歩いて行くところだった。ひどくあわてている。というよりも、ただ急いでいる、というべきかもしれなかった。

「どこかへ出かけるんだわ」

風間がホテルの車に乗り込むのを見て、晴美は言った。「そうか。さっきの電話ね。——誰だったのかしら？」

車が走り出す。それを追いかけるといっても——。

「あら、おはようございます」

と、声がして、振り向くと、相沢弓子が爽やかな表情でやって来た。

「あ……。ご主人は？」

「何だかシャワーを浴びるとか言って。朝食は部屋ですましてしまったものですから」

弓子は表に目をやって、「あの車……。風間さんかしら、運転してるの」

「ええ」

晴美はとっさに思い付いて、「お車、おありですよね」

「ええ」

「あの車を追いかけていただけません？」

「まあ」

弓子は、目をパチクリさせたが、ニッコリと笑うと、「面白そう。ちょうどキーを持ってますわ。じゃ、急ぎましょ」

「よろしく！」

晴美はホームズと共に、相沢弓子の後について、ホテルを急いで出て行った。


片山たちがノックすると、すぐにドアは開いた。

「早かったじゃないか」

と、相沢は言って——。「や、失礼。家内かと思ったので」

と、片山と栗原の二人を眺め渡した。

「奥さんはお出かけで？」

「先にロビーへ。私はシャワーを浴びていましたのでね」

と、相沢はガウン姿を説明するように言った。「どうぞお入り下さい」

「——手短かに申し上げます」

と、栗原は、座りもしないうちに言った。「正直にお答え願いたい。津山信代を殺しましたか」

相沢は、一瞬、虚《きよ》を突かれた感じにはなったが、顔色は変わらなかった。

「いいえ」

と、首を振る。「殺してはいません」

「現場から逃げたのは、あなたですね」

と、片山が言った。

「確かに」

相沢は肯いた。「トラックの運転手ですね？　——顔を見られたな、とは思っていたのですが」

「なぜ逃げたんです？」

「なぜ、と訊かれても……」

相沢は、ちょっと肩をすくめた。「付き合っている女の所へ行って、その女が刺されて倒れているのを見たら……。犯人がいるかもしれませんしね。私は妻のある身です。逃げ出したくもなります」

「しかし、それはおかしいでしょう。津山信代は家から出て来て、倒れたんですよ」

「分かっています。私は、玄関の近くに身をひそめていました」

「待って下さい。すると——中には入らなかった？」

「ええ。あの石津さんという大きい人が立っていたので、出るに出られず……。そのうち、あなたが中へ入って、石津という人も、玄関に入って行った。それで、こっちは逃げ出そうとしたのです」

「しかし、ガラスの割れたのが――」

「その音は私も聞きました。私じゃありませんよ。あの音で、あなた方が出て来たので、私はあわてて駆け出したのです」

「犯人らしい人物を見ましたか」

と、栗原が訊いた。

「いや、残念ながら」

と、相沢は首を振った。

栗原は、それ以上追及しなかった。

そして話を別の方へ向けた。

「津山信代のことですが、どの程度ご存じでしたか」

「といいますと？」

「津山伸介もあなたも、十年前に、このホテルにいた。偶然でしょうか？」

「ああ、なるほど」

相沢は軽い調子で肯くと、「それは確かにね。――しかし、答えは簡単です」

「というと？」

「信代は、あの時、このホテルでウェイトレスをやっていたのです」

片山と栗原は、思わず顔を見合わせた。——思ってもみないことだった。

「すると、その時に、津山は——」

「おそらくね。十年前の事件で取調べがあって、しばらくここに足止めされましたからね。その間に、私も津山と多少知り合いになったのです。もちろん、津山が、ここのウェイトレスと親しくなっていたことは知りませんでした」

「で、信代とはどこで？」

「それは全く偶然です。東京で、どこかのホテルのラウンジにいる時、向こうが声をかけて来たのです。その時、初めて彼女が津山と結婚していることも知りました」

「それがきっかけで？」

「そういうことです。——津山と彼女は、あまりうまくいっていなかったようで……。私としても、ここでの出来事の印象は強烈でしたからね。つい、昔話に我を忘れてしまった、というわけです」

相沢の話し方は淡々としていた。

「あの夜はなぜ、津山信代の所へ行ったんですか？」

と、片山は訊いた。

「私は、弓子と結婚することになって、もう信代とは会っていませんでした。話し合って、ちゃんと別れたのです。そのことに関して争ったりしたことはありません」

「信じておきましょう」

と、栗原が言った。

「ありがとう。――あの夜はパーティでした。信代から電話があり、来てほしい、と言われたのです。『命にかかわる事』と言われると、そうむげにもできず、後を弓子へ任せて、パーティから抜け出しました」

「その時、なぜ『命にかかわる』のか、説明はなかったんですか」

「ありませんでした。こっちもパーティの最中で、そんな話のできる状況ではなかったので」

「なるほど……。しかし、あなたのおっしゃる通りだとしても、黙っておられたのは、問題ですな」

「その点は認めます。しかし――私は二十も年下の妻と、結婚したばかりです。私の気持ちも分かっていただけると、嬉しいのですがね」

と、相沢が両手を広げて、言った。

すると――ドアが開いた。

「弓子……」

「本当なのね」

と、弓子は言った。「今の話は、本当ね」

「本当だ」

「そう」

弓子は肯いて、「あなたが、パーティを抜け出してどこへ行ったのか、ずっと心配だったのよ」

「晴美、お前――」

片山は、弓子と一緒に、晴美が立っているのを見て、「どこへ行ってたんだ？　朝食も食べないで」

「ちょっとドライブにね」

「ドライブ？」

「そう。――じゃ、ホームズ、改めて朝ご飯にしましょうか？」

「ニャー」

ホームズは、一声鳴くと、弓子と一緒に相沢の方へやって来た。

「そりゃすまなかったな」

相沢が、弓子の腰に手を回す。「こんな妻を持って、馬鹿な真似はしないさ」

「では、失礼するか」

と、栗原が片山を促《うなが》す。

ホームズは、相沢のそばへ来ると、しきりに匂いをかいでいる。

「おい、ホームズ、何をしてるんだ？」

「あなたが、やけにローションを使ったせいじゃないの？」

と、弓子が笑った。

「かけすぎたのさ」

と、相沢が苦笑した。

——相沢の部屋を出て、階段の方へと歩きながら、片山は、

「本当のことを言ってますかね」

と、訊いた。

「確かめるさ、後でな。——俺の経験じゃ、どんな人間も馬鹿なことはやりかねん」

「ニャー」

と、ホームズが鳴いた。

「ホームズ、何の匂いをかいでたの？」

と、晴美が言った。「ローションの匂いぐらい、珍しくもないでしょ」

「ニャオ」

「——そうか」

片山が足を止める。

「どうしたの？」

「いや……。もし、ローションをわざとたっぷり使ったら？」

「え？」

「匂いを消すために」

「何の匂いを？」

「たとえば——」

と、片山はホームズを見下ろした。「火薬の匂いか。ゆうべの散弾を撃ったときの……」

片山と晴美は顔を見合わせた。

「硝煙《しょうえん》反応を調べるか」

と、栗原が言った。「しかし——なぜ相沢が津山を殺そうとするんだ？」

「分かりませんね。もしそうなら、あの二人の間には、もっと深い因縁が……」

階段を下りかけて、晴美が言った。

「私もね、ドライブして、ちょっとした収穫があったのよ」

「そうだ。どこへ行ってたんだ？」

「後でゆっくり話してあげるわ。——ね、ホームズ」

「ニャー」

「さ、お腹空いた、っと！」

晴美は元気よく食堂の方へ駆け出して行く。ホームズも、急いで後を追い、片山と栗原は呆気にとられて、それを見送っていた。

2

「何だって？　風間が？」

「しっ。大きな声出さないでよ」

と、晴美は言った。

片山はチラッと周囲を見回した。——珍しく、サロンには片山たちの他、誰もいなかった。

「大丈夫。誰も聞いてないよ。——じゃ、風間が誰か女性と会ってたっていうんだな？」

「そう。駅の所で待ってたの。私は弓子さんの車でそっとついて行ったんだけど……。ともかく、目立つでしょ。車なんか通らないし。近付けないのよ」

と、晴美は悔しそうである。

——夕食前のひととき。

みんな部屋で休んでいるか、この近くを、散歩でもしているか、昼寝しているか、何か食べているか（石津ぐらいのものか）……。

穏やかで、風もない、静かな午後だった。

「しかし、お前も無茶だな」

と、片山は呆れたように言った。「気付かれなかったのか？」

「車を林の中へ乗り入れたの。そして、風間さんの車が通り過ぎて行くのを見てた」

「しかし、あの人だって男だ。女性と会ってたって、別に不思議じゃないだろ」

「分かってるわよ。でも、あの女性、列車で遠くからやって来たのよ。大きなトランク、さげてたから。それに、どう見ても、そんなに若くなかった」

「それで、どこに行ったんだ？」

「それが分からないのよ。一旦、林の中へ車を入れちゃったもんだから、出すのにひと苦労。とてもじゃないけど、追跡するわけにもいかなかったの」

すっかりゲーム気分である。

「ニャー」

「ホームズだって笑ってら」

「何よ。一緒だったくせに」

そう。ホームズも、このサロンにやって来ていたのである。珍しく足下のカーペットに座っているので、目立たない。

「しかし——確かにただごとじゃないだろうな」

と、片山は真顔になって言った。「あの風間が、朝食の時間に、仕事を放り出して駆けつける、っていうのは」

「そうでしょ？　もちろん、事件とは関係ないかもしれないけど」

「そりゃそうだ。――しかし、これでどうなるんだ？」

片山はため息をついた。「十五年前の殺人。十年前の殺人、そして――」

「つい、おとといの殺人」

「どれ一つ、解決してない。加えるに、津山信代だ。これは夫がやったか、それとも相沢かもしれない。しかし……」

「津山信代がここのウェイトレスをしてた、ってのがポイントのような気もするわ」

「というと？」

その時、ホームズが、タッタッとピアノの方へ歩いて行き、その椅子にヒョイと飛び乗った。そして前肢をピアノの蓋にのせる。

「――何か見てたのかもしれない。そうだろう？」

と、片山は立ち上がりながら言った。

「何を見てたの？」

「いや――信代はウェイトレスだった。だったら、このサロンの辺りを歩いていて、中を覗いたとしても、不思議はない」

「つまり――犯人を見た、っていうわけね」

「ピアノの上にかがみ込んで、何かやっているところを見たかもしれない。もちろん、その時は何をしてるのか分からなかっただろう。しかし、後で、金倉可愛が死んで、ピアノに仕掛けた毒針が原因だったと知ると……」

「でも、出入りしてれば、風間さんが見てたはずでしょ」

「風間も、客なら見ていたさ。しかしウェイトレスが出入りするのは、気に止めてもいないはずだ。あまりに当たり前のことだものな」

「じゃ、信代は犯人を知ってた？」

「その可能性があると思わないか？」

「そうね……。で、それから？」

「信代はどうしたか――。ここを辞めて、津山と結婚した。ここにいたくなかったのかもしれない。係わり合いになるのがいやで」

「その気持ちは分かるわね。でも、逆ってことも考えられるわ」

「逆？」

「彼女が、犯人をゆすっていたとしたら？」

「ゆすりか……。それで彼女は殺されたのかもしれない！　そうか。やっと、彼女の事件がこのホテルとつながったぞ」

片山も、たまには（？）興奮することがあるのである。

「じゃ——相沢さんが犯人？」

と、晴美が言った。

「いや——そうとは限らないけど」

「でも、その理屈で行くと、一番可能性が高いのは、相沢さんでしょ、信代を知ってたと認めてるんだし」

「うん……。関係があったといっても、ゆすられていたのかもしれないな」

「結婚したての相沢さんの所へ電話して来て、お金を要求して来る。相沢さんは、けりをつけてしまわなきゃ、と考えて……」

「——そんなの可哀そう」

突然、別の声がして、片山たちは飛び上がった。

ソファのかげから、這い出して来たのは、一ノ瀬ユミだった。

「何してるの？」

と、晴美が目を丸くする。

「あの子たちと隠れん坊してたのよ」

と、ユミは言って、立ち上がると、「ちっとも捜しに来やしない」

と、文句を言った。

「あの子たち、って——船田さんのとこの子？」

「そう。お姉ちゃん、遊ぼうよ、とか言って来て。面倒だけど、たまにゃいいか、と思って。——ごめんね。立ち聞きするつもりなかったけど。ソファの後ろでしゃがんでたから、座り聞きか」

と、ユミは笑った。

「だめよ、他の人にしゃべっちゃ」

「分かってるわ。私、こう見えても、話していいことと悪いことの区別はつくの」

と、ユミはしっかり言った。「でも、相沢さんが犯人なんて、可哀そうよ」

「可哀そう？」

「あの奥さんが。だって、お腹に赤ちゃんがいるのよ。それに、相沢さんに、天才少女を殺す理由があるの？」

詰め寄られて、片山も、たじたじになった。

「いや……もちろん、今のは推理の過程でね。色々可能性を論じてるだけなのさ」

「だって、そんなこと言ったら、あのマザコンさんも、犯人の可能性ありでしょ」

「マザコンさん？　ああ、梶井努か」

「そうよ。あの人、殺された人の恋人の一人だったんでしょ」

「そんなこと、誰に聞いたんだ？」

「栗原さん。少し甘えてあげると、よく教えてくれるの」

「課長が？　――やれやれ！」

こんな子供に、何のつもりなんだ？

「ね、その晩、その女の人の所へ行ったのははっきりしてるんでしょ」

「うん……」

「じゃ、梶井努がやったとも考えられるじゃない」

「ただ、ゆすられてた、ということはないだろうね。何しろ僕らと同じアパート住まいだ。金なんかないよ」

「それに」

と、晴美が言った。「あの人にも、その天才少女を殺す理由があったかどうかね……」

「それよね」

と、ユミは、考え深げに肯いた。「あの子を、一体誰が殺す？　でも、あの子を狙ったとしか思えないし」

「そうだ。そこが問題だよ」

片山は、首を振って、「おいホームズ、何かいい知恵はないのか？」

と、声をかけた。

「面白い」

ユミはクスクス笑って、「その猫、超能力持ってるの？」

「なに、ちょっと並みの猫と違うだけさ」

と、片山が言った。

そこへ、顔を出したのは、梶井努の母親、加代だった。

「あら、片山さん」

「あ、どうも」

片山はあわてて、多少引きつった笑顔を作った。

「うちの息子、見ませんでした？」

「さあ……。ここには来ませんでしたけど」

と、片山は言った。

「私も見かけませんでした」

と、晴美が首を振って、「どこかへ出かける、って？」

「それが何も……。朝食の後、部屋へ戻って来てないんですよ」

と、加代は心配そうだった。「――すみません、お騒がせして。他の方にうかがってみますわ」

加代がサロンを出て行く。――ユミは、ちょっと声を低めて、

「ね、あの息子って、マザコンでしょ」

「聞こえるわよ」

と、晴美は苦笑して、「でも、努さん、どこへ行ったのかしら？」

「さあね……。まさか逃げたわけじゃあるまい。逃げたら、自供したも同じってことになる」

「そうね……」

晴美は肯いたが――。「何だか気になるわ。あのお母さんの心配のしかた。ちょっと普通じゃないみたい」

そう。確かに、片山もそんな感じを受けたのだが。――もちろん、それがなぜなのか、片山には分からなかった。


晴美は、ラブシーンの夢を見ていた。

これは至って珍しいことだった。たいていは、殺人犯を追跡したり、格闘して、叩きのめしたり、という夢を見ることが多いのだが（！）、今日に限っては、野性味のある、やや渋めの二枚目に抱かれて、やさしくキスされていたのである。

ちゃんと夢だってことも分かっていて、

「どうしてこんな夢見てるんだろ、私？」

と、晴美は首をかしげたりしていた。

まあでも――夢の中だけでも、楽しい方がいいんじゃない？

れて、

晴美は誰に気がねすることもなく、その男の力強い腕に身を任せ……。頰っぺたをなめら

「くすぐったい！　――ちょっと、冷たいじゃないの！」

と、目を覚ますと――例によって、ホームズが頰をなめていたのである。

「――ホームズか。がっかりさせないでよ」

と、ため息をついて起き上がり、「どうかしたの？」

ホームズがベッドから下り、ドアの所へ行って、振り返る。――どうやら、廊下で何かある様子だ。

「分かったわよ」

いくらホテルの中はあったかくしてあるといっても、真冬である。パジャマの上にガウンをはおって、晴美は、ドアの所まで行ってみた。

誰かが、廊下を歩いて行く。――足音を忍ばせて。

何だろう？

廊下へ出てみたいのはやまやまだったが、出れば、いやでも今、廊下を歩いて行く誰かに顔を見られてしまう。大体、このホテル、木造で味があるとはいうものの、どうしても歩くと床がきしむし、音をたてずに、というわけにはいかないのである。

現に今、ドアの前を通り過ぎて行く足音だって――。

「ニャー」

と、ホームズが派手に鳴いた。

「何だ、起きてるのか」

と、ドア越しに聞こえてきたのは、片山の声だった。

晴美はドアを開けて、

「何だ、お兄さんなの。怪しい奴かと思って――」

と、言いかけて、目をパチクリさせた。

パジャマ姿の片山にくっついているのは、同じく可愛いパジャマを着た一ノ瀬ユミだったのだ。

「お兄さん！　まさか――」

「よせよ、おい！」

片山はあわてて晴美の部屋へ入った。「この子が話があるっていうから、聞いてただけだ」

「本当でしょうね」

と、晴美はジロリと兄をにらんだ。

「私、あと二年くらい待ってから、もう一度片山さんのベッドに潜り込もう」

と、ユミが楽しげに言った。

「おい。そんなことより――」

「見ちゃったの」

「何を？」

「風間さんがね、こっそり食事を運んでるとこを」

「食事を？」

と、晴美が言った。「誰に運んでるの？」

「それが分からないから、うまく調べる手はないか、と思ってさ」

と、片山は言った。「空いてる部屋は沢山あるわけだ。そのどこかに——」

「待って」

と、晴美は言った。「あ、あの女の、人？」

「そうじゃないかな、って思ったの」

と、ユミが言った。「風間さんが、その女の人を監禁してるかもしれない」

「監禁？」

「そう。だっておかしいでしょ。誰にしたって、ここのお客ってことにしときゃいいんだもの」

「ニャン」

と、ホームズが鳴いた。

この女の子、ピアノが上手いだけではないらしい。

　確かに、部屋はいくらも空いているのだし、今は、主人の金倉もいないのだから、たとえ誰が来たところで、風間は客として泊めることができるはずなのである。

　それをあえて、ホテルの他の客の目から隠して、どこかの部屋に置いている、となると……。ユミの言うように、「監禁している」のかどうかはともかく、何か特別な事情があると言わざるを得ないだろう。

「ただ、どの部屋か、見当がつかないの」

　と、ユミが言った。

「一つ一つ、ドアを叩いて回るわけにはいかないしな」

と、片山は言った。「それに、他の客が起き出して来ちゃうだろう」

「そうね……。何かうまい手はある？」

「それを相談しようと思って来たんだ」

「ニャー」

　と、ホームズが顔を上げた。

「何か思い付いたの？」

　ホームズがタタッと小さな丸テーブルの方へ駆けて行くと、ヒョイと上に飛び乗った。ホテルの名の入った灰皿があり、そこにホテルのマッチがのせてある。ホームズは、それをくわえて戻って来た。

「マッチ？　――マッチがどうしたの？」

「ニャオ」

ホームズは、少々馬鹿にしたような声を出した。

「マッチは火をつけるのに使うのよ。――そうか」

と、ユミがパチンと指を鳴らした。

「良く鳴るね、指が」

と、片山が妙なことに感心している。

「火をつけるのよ」

と、ユミが言った。

「何に？」

と、晴美が訊くと、ユミはあっさりと言った。

「このホテルに」

3

ホテルは猫に似ている、とも言えるかもしれない。

その眠りは、必ずしも夜だけ訪れるのではなく、昼下がりや、夕刻のひととき、ポカッとやって来る空白の時間に、ふと浅い眠りに入ることもある。

その代わり、夜の眠りもまた「仮の眠り」であって、深く、完全に休んでしまうわけではないのだ。

それでも、深夜から明け方へと移り変わる、午前三時から四時ごろにかけて、〈ホテル金倉〉は、ひっそりと寝静まっている。

外には、少し白い雪片がチラついていたが、もちろん、物言わぬ雪に目を覚まされた者はいないはずだ。

凍りつく大気。——一番気温の下がる、夜明け前のひととき、ホテルは息をひそめて、じっとうずくまっている……。

突然、それは雷のようにやって来た。

けたたましいベルの音が、ホテル中に鳴り渡る。——廊下、ロビー、サロン、そして客室まで、至るところに、ベルの音が甲高く、悲鳴のように、共鳴した。それは途切れることなく続く悲鳴だ。

「——何だ！」

真っ先に、ロビーへ飛び出して来たのは、風間だった。

上はワイシャツ、そしてちゃんとズボンをはいていた。

「火災警報だ……」

と、風間は呟いた。「しかし——どこだ？」

相沢弓子は、夫よりも早く、目を覚ました。

「——あなた」

と、呼びかけながら、起き上がる。「あなた、起きて」

「うん……」

相沢は、まだ眠り込んだままで、そう答えると寝返りを打つ。

弓子は、夫を起こそうとして、ためらった。眠りに入るのが遅かったのだ。もし、このベルが何かの間違いなら……。

いや、きっと間違いだ。火事なんて、そんなにめったなことで起こるものじゃないんだから。そんなことで夫を起こすこともない、と弓子は思い直した。

ベッドから出て、暗がりの中、ドアの方へと歩いて行く。

ドアの下の隙間から、廊下の明かりが洩れているので、ドアの場所だけは分かるのである。

手探りでチェーンを外し、ドアを開けると、廊下へ片足だけ踏み出した格好で、左右へ目をやった。

他のドアが一つ、また一つと開いた。

「どうしたのかしら」

と、顔を出したのは、船田明美だった。

「非常ベルかしら」

と、弓子は、相変わらず鳴り続けるベルに声を消されそうになりながら、言った。

「おい、何だ」

と、船田が、妻の後から出て来た。

「ああびっくりした！」

「何もしてないだろ。――何のベルだ？」

「さあ……」

誰もが、何か本当に起こったのかもしれない、ということを、否定してほしくてしかたないのだ。

「おい、弓子。――どうした」

相沢が、やっと目を覚ましたらしい。ベッドの方から声をかけて来る。

「非常ベルじゃないか、って……」

「まさか。――それなら、何か言って来るさ」

「でも――鳴りやまないわ」

相沢もベッドから出て来た。――明かりを点けると、まぶしげに顔をしかめて、

「何ごとかな、全く……」

と、呟いた。

すると――誰かが叫ぶのが聞こえた。

「火事よ！」

女の声だ。「火事よ！」

と、くり返した。

「火事？」

と、弓子は言って、「あなた――」

「煙だ」

と、船田が言った。「この匂い……」

「見て！」

弓子は、廊下の奥の方に、白い煙が手品みたいに湧き出て来るのを見て、叫んだ。

「本当に火事――」

「こりゃいかん」

船田があわてて、「おい！　二人を起こすんだ！」

「はい！」

明美が中へ飛び込んで行く。

「逃げよう」

相沢が弓子の肩をつかんだ。「何か上にはおる物を！　コートか何か」

「でも、荷物は？」

「そんな物、どうでもいい！」

相沢の動きは素早かった。部屋の中へ駆け戻ると、二人のコートをつかんで戻って来る。

「これを着て！　他の部屋を叩き起こして来る」

煙が廊下に立ちこめて来ていた。弓子も初めて恐怖を覚えて、膝が震えた。

「相沢さん！」

と、駆けて来たのは風間だった。

「おお、火事か？」

「そのようです。ともかく下へ。ロビーにいて下さい。すぐ外へ出られるようにして」

「分かった。船田さんは今、子供たちを起こしている。他の部屋の人たちが――」

「私にお任せ下さい」

風間が、駆け出して、次々にドアを叩いて、「起きて下さい！」

と、怒鳴る。

弓子は、その風間の声を背に、コートを肩にかけて、階段の方へと駆け出した。

五分とたたないうちに、ロビーに次々に客が下りて来た。

船田の二人の子供は、怖いというより面白がっていて、

「ねえ、消防車は？　救急車は来る？」

と、ルミがしつこく兄の収に訊いて、うるさがられていた。

「怖いわね。こんな木造の建物、すぐ燃え広がってしまいそう」

と、船田明美が言った。

「他には？」

「あの刑事さんたち……」

と、弓子が見回して、「あら、あのおばあさんも見えないけど」

「梶井さんか」

相沢が心配そうに、「大丈夫、風間が忘れやしないさ」

梶井努が、どこかへ姿を消してしまっているのは、誰もが知っていた。警察でも捜し始めている。

「やあ、お揃いで」

と、のんびり階段を下りて来たのは栗原だった。「何だ、うちの連中はまだ寝てるのか」

「大丈夫でしょうか」

と、明美が心配そうに言った。

「ご心配なく。あいつらはともかく、あの猫がついてますからな」

と、栗原は、片山が聞いたら、ムッとしそうな請け合い方をしている。

「ユミがいない」

と、言ったのは、赤石である。「見かけませんでしたか？」

「あの子？　さあ……」

弓子はロビーを見回して、「そういえばいませんね」

「もし部屋にいると──」

と、赤石が青くなった。

「風間さんが見に行ってるはずですわ」

と、弓子はなだめた。「あの人が見落とすことはありません。大丈夫ですよ」

煙は、二階から階段を伝ってロビーの方まで下りて来た。

「外へ出た方がいいかもしれん」

と、相沢が言った。「寒いのは覚悟して。──雪がちらついているようだが」

「でも風間さんが──」

と、弓子が言いかけた時だった。

みんな、一瞬、呆気にとられた。聞こえるはずのないものが聞こえたからである。こんな時に、一体誰がピアノを弾くだろう？

サロンへ駆け込んだ赤石が、目を丸くして、

「ユミ！　何してるんだ？」

と、声を上げた。

パジャマにセーターを着込んだユミが、ピアノでバッハの曲を弾いていたのである。

「ピアノ弾いてるの」

と、手を休めずに、ユミは言った。

「そりゃ分かってる、火事なんだぞ！」

「先生、逃げて。私、みんなが逃げるまで弾いてるから」

「何だって？」

ロビーにいた客たちも、サロンへ入って来た。ユミは、ペダルを使わず、軽やかなタッチで弾きながら、

「ほら、あったでしょ。タイタニック号が沈む時、船内の楽団が最後までバッハを演奏して、船と一緒に沈んで行った、っていうの。一度やってみたかったんだ、私」

赤石は苦笑して、

「全く、何を考えてるんだか……」

と、首を振った。

「でも、凄いわ」

と、弓子が感心した様子で、「あなたみたいな子供が落ちついてるんですもの」

「落ちついてて、当然」

と、ユミは言った。

「ニャー」

ロビーの方から、ホームズの鳴き声がした。

「ひっかかった」

ユミはそう言って、ピアノから離れると、「――火事騒ぎ、演出したのは、私たちだもの」

「何だと？」

栗原が目を丸くする。

「ロビーに、片山さんたちがいるはず。――風間さんと、謎の泊まり客とね」

「何の話だ？」

みんなロビーへ戻って、そこにユミの言った通り、片山たち、そして風間と、並んで立っている見慣れぬ女性を見て、面食らった。

「片山さん、これはどういうことですの？」

と、弓子が言った。

「お騒がせしてすみません」

と、片山が言った。「火事じゃないんです。ご安心下さい」

「非常ベルを鳴らしておいて、煙が出るように、アルミの缶で、紙や枯れ草を燃やしたんです」

と、晴美が言った。

「何のために？」

「この人のためです」

と、片山は、風間の隣りで、少しうつむき加減に立っている女性の方へ目をやった。「この人をご存じの方が、この中にいらっしゃるんじゃないかと思いますが」

その女性が顔を上げた。四十代も半ばという様子だったが、落ちついた美人である。

その黒くうるんだような瞳が、一人の客の方へと向けられた。

誰かが息をのむのが分かった。――弓子は、夫の腕をつかんだ。

「あなた、知ってるのね、この人を」

相沢が、驚きから我に返るのに、しばらくかかった。その女性は、穏やかな笑みを浮かべると、

「お久しぶりです」

と、静かに言って、頭をさげた。

「何てことだ……」

相沢は、やっと、声を出した。「君は……生きてたのか！」

風間が、ちょっと息をつくと、

「ご紹介いたします」

と、ホテルマンの顔に戻って、「亡くなった金倉正三郎様の奥様、エリ子様です」

――栗原がポカンと口をあけて、

「つまり……池の白骨の本人か」

と、わけの分からないことを言い出した。

「死んではいなかったんですよ、課長」

と、片山は言った。「夫の元から逃れ、じっと息をひそめるようにして、生きていたんです」

「ニャー」

ホームズが、同情するように鳴いた。

「あなたはやさしい猫ちゃんね」

と、エリ子は微笑んだ。「新聞で記事を見て……。夫が死に、池から出た白骨が私と思われていると分かって、隠れていてはいけない、と思ったんです」

「しかし、そのあなたを、どうして風間さんは隠したりしたの？」

と、晴美が言った。

「それは……」

と、エリ子がためらった。

「無理にお訊きにならないで下さい」

と、風間が言った。「決して、隠しているわけではございません。その方がいいのです」

戸惑ったような沈黙があった。そして――。

「いや、それはよくない」

と、相沢が言った。「事実は事実だ。明らかにしなくてはならないだろう」

「あなた……」

「弓子。君に聞いてほしい」

「聞くわ」

と、弓子がしっかりと肯いた。「どんなことを聞いても怖くない。あなたが狼男だって聞いてもね」

相沢はちょっと笑った。それを見て、エリ子が、

「奥様ね。――とてもお似合いです」

と、言った。

「初めてこのホテルの客になった時」

と、相沢は言った。「私はこの人と会って、恋に落ちたのだ」

「ここに、この人は一週間泊まっていましたわ。――金倉は異常なくらいに嫉妬心の強い男で、私が男性の客とちょっとでも言葉を交わしただけで、ひどく怒りました。それこそ、殺しかねないくらいに」

「ただ、その時期、金倉は足を折って入院していたのだ。私は彼女に一緒に逃げよう、と言った。しかし――」

「思い切れませんでした。怖かったんです。金倉は、きっと私を追いかけ、見付けて殺すだろう、と思って」

「私も諦めた。しかし、その一週間の間に……」

「あの子ができたのです」

と、エリ子が言った。

「すると――金倉可愛は、あんたたちの子だったのか！」

「そうです」

と、エリ子は肯いた。「私は――可愛に夢中になることで、夫との間の冷たい仲を忘れようとして、何年間かは、うまく行きました。でも、可愛が大きくなって来ると、やがて――相沢さんの面影《おもかげ》が見えて……。それが辛くなった私は、津山という人と知り合ったのをきっかけに、ここを飛び出したんです」

「しかし、なぜ子供を置いて？」

「津山さんとこっそり会っていたのを、金倉が知ったんです。私は、死ぬほど殴られました。本当に、逃げなければ命が危なかったんです。――可愛のことは気になりました。でも、あの人も子供は可愛がっていましたから……」

「それで一人で？」

「津山さんを巻き込みたくなかったんです。一緒に殺される心配がありましたから」

「で、行きがけに、あの池に指環を投げ捨てた、というわけですね」

片山の言葉に、エリ子は肯いた。

「新しく出直したかったんです。でも……いつもあの人の影に怯《おび》えていました。名前を変え、住む所も転々として……。そのうち、ある男性に出会って、一緒に暮らすようになったんです」

「――そうか」

と、相沢が言った。「今の君は、落ちついて見える」

「ええ。――おかげさまで」

と、エリ子は微笑んだ。

「よかった。それはよかった」

と、相沢は肯いた。

「待ってくれ」

と、栗原は言った。「すると、金倉可愛を殺したのは……」

エリ子の顔が厳しく引きしまった。

「――ええ、間違いありませんわ」

と、エリ子が言った。「可愛を殺したのは、金倉です」

4

「何てことだ……」

と、栗原が呟いた。「じゃ、金倉は、自分の子でないと知ってたのか」

「その点は――」

と、口を出したのは、赤石だった。「私のせいだったかもしれません」

「どういう意味です？」

「私は可愛を預かるつもりでした。本格的な音楽教育を受けさせれば、あの子はどこまでも伸びて行く子でした」

「私と違ってね」

と、ユミが口を挟《はさ》んだ。

「誰も、そんなこと言っとらんだろうが」

と、赤石はユミをにらんだ。「ともかく――あの子を学校へ入れるのに、書類を送ったのです。必要事項を記入してくれ、と」

「そうか」

と、片山が肯いて、「血液型を……」

「おそらくそうだったと思います」

と、赤石はため息をついて、「それがあの子の命とりになるとは、思ってもいなかった……」

「しかし……子供の責任じゃない!」

と、急に石津が怒り出した。「子供が悪いわけでもないのに、ひどいですよ!」

「本当ね」

と、晴美が石津の腕に手をかけた。「私も同感よ」

片山は、ユミの話で、金倉が急に可愛を手放したくない、と言い出したことを思い出した。

その時、金倉はすでに知っていたのだ。

「ピアノに細工するのも、金倉自身なら簡単なことだ」

と、栗原は肯いた。「すると、相沢さん、あんたは、それが我が子と知っていて、ここへ来ていたんですね?」

「そうです。別れた後、彼女から手紙をもらい、自分の子がいることを知りました。しかし充分用心しなくてはなりませんでした。金倉に知られたら大変です」

「しかし、金倉は知ってしまった。そして……」

「集めたんですよ、今度の時と同じように」

と、声がした。

「――津山！」

片山は、いつの間にか津山がロビーに入って来ているのを見て、目をみはった。

「やあ。――久しぶりだ」

と、津山はエリ子を見て、言った。

「集めたってのは、どういうこと？」

と、晴美が訊く。

「案内状をもらったんですよ」

津山は、少し足を引きずりながら、ソファまで行って座った。「〈美しい季節となりました。この度、娘のピアノ小リサイタルをホテルサロンにて開きます。もし、お時間がありましたら、おいで下さい〉とね……」

「金倉は、エリ子さんと会っていたと思われる男たちにその手紙を出したんだ」

と、片山は言った。「その中に、可愛の父親がいる、と見ていたんでしょう。そして、必ずやって来るだろう、と……」

「目の前で、娘の死ぬのを見せるために？　何て奴だ！」

と、栗原も珍しく顔をしかめている。

「――私、見ました」

と、弓子が言った。

「何を？」

と、相沢が妻の方を向く。

「あの時、金倉の顔に、浮かんだ表情を。――何か、うまくやりとげた、という笑みを見せたんです」

「君もいたのか、あの時」

「ええ。でも、その日に着いたばかりだったの。サロンへ下りて行くと、ちょうど、あの子がピアノを弾いていて……」

「姿を消した女性客というのは、あなたですね」

と、片山が言った。

「はい。私、両親に内緒で旅をしていたので、偽名を使っていたんです。そしてあの事件に出くわして……。あの時の金倉の表情が忘れられず、もし向こうが、私のことに気付いていたらどうしようと思うと怖くて……。逃げ出してしまったんです」

「他の誰も気付かなかったのか」

と、栗原が言った。

「私は、鏡の中の顔を見たんです。ですから、金倉は、他の人に背を向けていました。たぶん、誰も気付かなかったでしょう」

「いや」

と、首を振ったのは、津山である。「一人いたんだ、気付いたのが」

「それは誰です？」

と、片山が訊いた。

「ウェイトレスさ、このホテルの」

「信代さん？」

「いや、そうじゃない。信代は、その子からこっそり打ちあけられたんだ。信代は半信半疑だった。ところが——二、三日して、突然そのウェイトレスが姿を消してしまった」

「そうか、それがあの——」

「白骨死体ってわけだ」

栗原が肯いて、「たぶん金倉から小遣でもせびろうとしたんだな」

「怖くなって、信代はここをやめたんです。そして東京で俺とバッタリ会った……」

——しばし、誰も口をきかなかった。

こんな時、たいてい沈黙を破るのは、栗原で、この時もそうだった。

「——さて、と」

と、みんなの顔を見回して、「これであの白骨死体、十年前の金倉可愛殺しの犯人は分かった。——しかし、今度はその犯人の金倉正三郎が殺されている。こっちの方は誰がやったのかな？」

「もう一つ、津山信代さんのこともありますよ」

と、片山が言った。

「分かっとる」

「その二つも、係わり合ってるんだ。そうでしょう？」

相沢と津山が顔を見合わせる。そして——風間も。

「その通りです」

と、風間が言った。「ここへあなた方を集めるように、金倉さんにすすめたのは私なのです」

「というと？」

「エリ子様から、連絡をいただいたからです。——三カ月ほど前のことでした。びっくりしました」

「この人が私にとてもよくしてくれていたので、色々、訊いてみたくなったんです」

と、エリ子は言った。「で、その時、可愛の死の状況を聞いて、あの人がやった、と察したのです」

「私は、怒りを感じました。あの可愛お嬢様の敵を討ちたい、と思いまして……」

「おい待て」

と、栗原が言った。「すると——金倉を殺したのは、君か?」

「いいえ、残念ながら」

と、風間は首を振った。「私は、金倉さんが誰かに脅迫されているのを知って、申し上げたんです。十年前のお客様を、もう一度お招きしましょう、と」

「その中に、脅迫している人間がいるというわけか」

「脅迫していた、というのは……」

「信代ですよ」

と、津山が言った。「あいつも、自分がその友だちのウェイトレスから聞いたことを、じっと胸にしまっていた。でも、男と遊ぶようになって、金がほしくなり、やっちゃいけないことをやったんだ」

「金倉をゆすったのね」

と晴美が言った。

「そう。——そして殺された」

「じゃ、金倉が?」

「あの日、東京へ出張しておいででした」

と、風間は言った。「ところが、それでも脅迫がやまず、私の意見を入れることになったのです」

「すると、一体誰なんだ、金倉を殺したのは！」

と、栗原が両手を広げて、「確かに、金倉はひどい奴だ。しかし、だからと言って殺していいということにはならん。誰がやったんだ？」

――しばし、再び沈黙がやって来た。

ホームズは、サロンの方へトコトコ歩いて行くと、

「ニャン」

と、鳴いた。

「――分かった。出て行くよ」

と、声がして……。

「梶井さん！」

と、片山が目を丸くした。「どこにいたんです？」

「ソファの後ろに隠れてました」

と、梶井努は言った。「――自白します。金倉を殺したのは、僕です」

「そうか」

と、栗原が息をつく。

「信代を殺したのがあいつだと風間さんから聞かされて……。とても許せなかったんです！」

「じゃ、片山、早速――」

と栗原が言いかけると、

「いえ、それは違います」

と、風間が言った。「金倉さんを殺したのは私です」

「何だと？」

「エリ子さんのためにも、どうしても私がやらなくては、と――」

「待ってくれ」

と、津山が遮る。「俺がやったんだ。病院を抜け出して、殺して、また戻ったんだ。簡単なことだったぜ」

「どうなっとるんだ！」

と、栗原が頭から湯気でも出しそうな様子で、「犯人は一人で沢山だ！　ジャンケンでもしろ！」

「お兄さん。――ホームズが」

と、晴美が言った。

「どうした？」

ホームズが階段の方へと歩いて行き、二階の方を見上げる。

「おかしいぞ」

片山は、石津の方へ、「おい、火を消したか？」

「もちろんです」

「煙が流れて来てる」

――階段から、ゆっくりと白い煙が這うように下りて来た。

「まさか！」

風間が叫んで、ロビーから外へ飛び出して行った。

そして、建物を見上げると、

「燃えてる！」

と、叫んだ。「火事です！　本当の火事だ！」

「待ってくれ！」

と、梶井が叫んだ。

そして、ロビーにいる面々を見回して、

「うちの母は？　お袋は？」

いない。――梶井加代がいなかったのだ。

「二階に？」

「大変だ！」

と、片山が叫んだ。「石津、ついて来い！」

二人は階段を駆け上がった。

しかし――廊下はもう煙が充満している。

「頭を下げろ!」

と、片山は言った。「どの部屋だった?」

「どれかです」

と、石津は、確かな返事をした。

「ニャー!」

ホームズが二人の間を駆け抜けて行く。

「行くぞ! ホームズの後を追え!」

二人はハンカチを口に押し当て、息を止めると、頭を低くして、煙の中を突っ走って行った。

目が痛んで、涙が出る。ともかく、ホームズを見失わないようにするので必死だ。

ホームズが、一つのドアの前で足を止めた。

「ここか! ――鍵がかかってる! おい、石津!」

「任せて下さい!」

石津は、力まかせに、ドアにぶつかって行った。――二度、三度。

メリメリ、と板の裂ける音がして、ドアが開いた。

部屋の中へ飛び込むと――梶井加代がソファに端然《たんぜん》と腰かけていた。

「よかった！　さあ、早く逃げましょう」

と、片山が息をつく。

部屋の中は、まだ煙がそうひどくはなかったのだ。

「片山さん」

と、加代が言った。「どうなさったの？」

「火事なんです！　早く逃げないと――」

「分かってます」

と、加代が肯いた。「私が火をつけたんですもの」

「何ですって？」

「早く逃げて。――私はいいんです」

「何言ってるんです！」

「ニャー」

ホームズが、加代の足下へ行って、見上げた。加代は微笑んで、

「あら、ホームズ、あんたは分かってるのね。お利口さんだから。――私があの男を殺したってことが」

片山は唖然とした。

「金倉を？　あなたが？」

あの時、確か、加代はピアノを聞いていなかったはずだ。

そうか。あそこにいない人間を捜すべきだったのだ。暗い中でも、金倉の居場所まで見当をつけて行くことは誰でもできたろう。しかし、刺して、もし手や服に血がついたら、どうすることもできない。

初めからいなかった人間ならば……。

「相談しているのをね、聞いてしまったんですよ」

と、加代は言った。「息子と、他の誰かとね。金倉って人が、とてもひどい残酷な人で、あの津山信代を殺したのも、金倉に違いない、と……。息子がね、『僕がやる』と言い張ったんです。明かりを消すと、ピアニストの女の子が、暗くなって急に立ち上がったりすると危ないので、薬をかがせて、眠らせようとか……。で、息子がね、金倉を殺す役を引き受けたんです」

すると……相沢も、風間も、予《あらかじ》めしめし合わせていたのか！　いや、きっと船田もだ。もしかすると、明美も……。

「私、息子の気持ちは良く分かりました。そんな男は死んでもいい、と思いました。でもね、片山さん」

と、加代は言った。「たとえ、どんなひどい人間でも、殺せば罪に問われます。でも、あの子の決心は固くて、とても変えさせることはできそうもない、と思いました」

「じゃ、それであなたが――」

「私なら、もう充分にとしですしね」

と、加代は微笑んだ。「度胸もあります。いざとなったら、きっとあの子はためらったでしょう。やさしい子ですから。でも、私ならやれます。それでわざとあの席を外し、こっそり下りて行ったんです」

「いいですか。話は後で。――今は火が回りますよ」

「いいんです」

と、加代が肯いて、「この中で、私の人生が終われば、それで……。昔から、このホテルが好きでしたからね。ここが消えると同時に、私も消える。すてきな幕の引き方です」

「片山さん！」

石津がドアの外を見て、言った。「廊下に火が――」

火が、広がって来ていた。炎が勢いを増せば、あっという間だろう。

「ね、早く、行って下さい」

と、加代が言った。「こんな年寄りを連れてちゃ、あなた方も逃げ遅れますよ」

「片山さん」

と、石津が言った。「急がないと」

片山が、加代と向かい合ったソファに、腰をおろすのを見て、石津は、目を丸くした。

「片山さん、どうして――」

と、加代が言いかける。

「あなたが行く、とおっしゃるまで、待ちます」

と、片山は言った。「石津！　ホームズをかかえて、先に行ってくれ」

「でも、片山さん――」

「早く行け！」

石津は、ちょっと迷った。それから、床にドカッとあぐらをかいて座ると、

「片山さんが行かないのなら、僕もここにいます。ホームズさん、どうぞお先に」

すると、ホームズがフワリと飛び上がって、加代の膝の上にのったのである。

「まあ。――早く逃げて！　死んでしまうわよ！」

と、加代は少しあわてた様子で言ったが、ホームズは、くるっと体を丸めて、落ちついてしまった。

「何てことを……」

「梶井さん」

と、片山は言った。「あなたを無理に連れて行くことは、したくないんです。考えて下さい。努さんは、これから一生、自分の身代わりにあなたが死んだ、という重荷を負って生き

て行かなきゃならないんです。それが息子さんを幸せにすることとは思えません」

「でも——私は人殺しで——」

「それが何ですか。もし、努さんが人を殺したら、見捨てるんですか？」

加代の目に涙が光っていた。

「そうですよ！」

と石津が肯いた。「まだ歯は丈夫なんでしょ？　旨いものも食べられます」

「お前、それ以外に励《はげ》まし方がないのか？」

「ニャー」

加代が笑い出した。泣き笑いになったのは、すでに煙が部屋の中へ入り込んでいたせいかもしれない。

「まだ六十二歳でしょ。これから長い人生がありますよ」

と、片山は言った。

「ええ。——そうね」

加代が、ゆっくり肯くと、「恋もできるかもしれませんね。片山さんのような人と」

「じゃ、決まった！　——石津！　ベッドのマットを」

「分かりました」

「もう廊下からは出られない、窓から出ますよ」

「大丈夫かしら？」

「石津がいます」

片山は、ポンと石津の肩を叩いた……。

石津が、椅子を持ち上げ、窓に叩きつけると、ガラスと窓枠が砕けて、ポカッと空間があいた。

「──お兄さん！」

と、下から晴美の声がする。

「晴美！ ここから下りるぞ！ 今、石津がマットレスを投げ下ろすから」

「分かったわ！」

晴美が叫んで、「こっちへ来て！ みんな！」

と、大声で呼んでいる。

石津がマットレスを窓から投げ下ろしている間に、片山は非常ばしごを出して来た。

「──いいわよ！」

と、晴美が下から叫ぶ。

「じゃ、石津、お前、この人をおぶって下りてくれ」

「分かりました。──さ、おんぶして下さい。しっかりつかまって！」

石津がしゃがみ込んだ背中へ、加代は、

「失礼します」

と一礼してから、かぶさった。

「しっかりつかまってて下さいよ。――じゃ、片山さん、お先に」

「ああ、落ちるなよ」

石津が、縄ばしごを下り始めると、

「石津さん！　頑張って！」

と、晴美が声をかける。

「あれで大丈夫だな」

と、片山は上から見下ろしながら言った。

「ニャー」

「分かってるよ。お前のことは、俺がおぶってってやる」

石津たちが下へ着くと、片山はホームズを肩にのせて、下りようとした。

「――目が回るな、畜生！」

「ニャー」

「大丈夫だよ！　これぐらい……。大した高さじゃない」

高所恐怖症の身である。

「お兄さん！　急いで！　火が――」

「分かってる！」

片山がよいしょ、よいしょ、と下り始めると……。火が回って、風にあおられたのか、窓から火が吹き出してきた。

「おっ！　やばい！」

縄が切れる！　片山は必死で下りて行った。

「もう少しよ！」

と、晴美が叫んだ。

その時——、縄ばしごが切れた。

「ワァッ！」

と、一声、片山は落っこちたが——ほんの二メートルほどの高さだった。

いやというほど、お尻を打ったが、何とか助かった。ホームズの方は、片山が落ちると同時に、パッと宙を飛んで、みごとに着地していた。

「大丈夫？」

と、晴美が、片山を助け起こす。「遅いから、もうだめかと思ったわよ」

「俺もだ」

片山はお尻をさすりながら言った。

そして——ホテルの方を見上げた。

二階部分が、火に包まれて、崩れている。そのまぶしいほどの光が、本降りになった雪片をキラキラと輝かせているのだった……。

チェックアウト

「終わったのね」

と、晴美が言った。

「ニャー」

ホームズが、感慨深げに（？）鳴いた。

――〈ホテル金倉〉は、ほぼ完全に燃えてしまっていた。

灰色の午後、雪はやんでいたが、風が凍るように冷たかった。

まだくすぶっている、こげた柱に、雪が当たっては、ジュッと音をたてている。

パトカーがやって来ると、片山と栗原が下りて来た。そしてもう一人、一ノ瀬ユミである。

「――寒いな、昼間だってのに」

と、栗原が言って、焼け跡を眺めた。「なくなっちまうと、どんな格好の建物だったか、忘れちまうな」

「そうですね、人間って忘れっぽいから」

「ニャオ」

と、ホームズが同意した。

「でも——サロンの辺り、残ってる」

と、ユミが言った。

「そうなのよ。あの辺だけ、何だか焼け残って」

「ちょっと覗いて来ようっと」

「気を付けろよ」

と、片山が声をかける。

ユミは、焼け跡へと入って行った。

「みんな、落ちついたの？」

と、晴美が訊いた。

「何とかね。——まだ本格的な事情聴取はこれからだ」

「そう重い罪にならないわよね、加代さん」

「たぶんね。——みんなが、かばい合うんで、なかなか話が進まない」

と、片山が苦笑した。

「津山さんは自分で金倉に仕返ししようとしてたの？」

「そのつもりでいたらしい。一匹狼なんだな、性格的に」

「で、相沢さん、風間さんが相談して……」

「相沢としては、目の前で自分の子を殺されたんだ。許せなかったんだろうな」

片山は、船田明美が、ピアノを弾いて、親から「自分の子じゃない」と言われたことを話している時、ホームズが何か言いたげにしていたのを、思い出していた。

あの時、ホームズは気付いていたのだ。可愛が金倉の子でなかったことに。

「弓子さんが相沢さんの所で働いていたのは、偶然なのかしら？」

「いや、彼女は他の仕事をしていて、何かのパーティで相沢に会ったんだ。その時に、どこかで見たことがある、と思って、お互いに興味を持ったってことらしい」

「なるほどね。人の縁って、面白いわね」

と、晴美は言った。

一言一言、口に出す度に白く息が立ち上る。まるで、言葉そのものが、白い煙となって、漂《ただよ》うみたいだった。

「津山さんを射《う》ったのは誰なの？」

「やはり相沢さんさ。——信代を殺したと思われて、自分が狙われていると思ったんだそうだ。津山に詫びていたよ」

「津山さんの奥さんと会っていたんでしょ？」

「うん。十年前の話を聞いたんだ。それを、津山は誤解していたんだ」

「全く、面倒なことをやってくれる」

と、栗原が苦い顔で言った。

「でも、金倉を犯人だとして突き出す証拠がなかったんですものね」

「気持ちは分かるな。でも結局はあの母親が……」

「赤石先生は、何か知ってたの？」

「相沢さんから、話は聞いていたらしい。相沢さんはそう言ってないが、たぶんそうだとにらんでる。——金倉が、娘を自分の子でないと知ったきっかけを作ってしまった、って気持ちがあるだろうからな」

「結局、お膳立ては、風間じゃないのか」

と、栗原が言った。「あいつは、エリ子に惚れてた。客を集めるように金倉を仕向けたり。それに、あのサロンの中で、どうやって殺すか。風間が一番よく中を知ってるわけだしな」

そうなのだ。——片山は、加代の自白も、みんなで打ち合わせてのことなのかもしれない、と思った。少なくとも、加代には金倉を刺しに行くのと、サロンの明かりを消すこと、二つはできなかったはずだ。

「私たちまで招待したのは、どうしてかしら？」

と、晴美が言った。

「それも、風間の入れ知恵さ。わざと僕に、殺されそうだと話しておけば、自分を脅迫している人間を殺した時、間違って殺された、とか、正当防衛だとか言い抜けられる。そう風間は金倉に言ったんだ」

「風間さんのことは信用してたのね」

「そうだな。――金倉も、ホテルを長年任せて来た風間だけは信じてたんだろうな」

「その風間さんも、金倉が娘を殺したと知って……」

「――おい、あれは？」

と、栗原が言った。

「ピアノだわ」

晴美が言うまでもなく、焼け跡からピアノの鳴るのが聞こえて来た。

「驚いたな！　焼けなかったんだ」

片山も聞いたことのあるショパンの短い曲が終わると、ユミが戻って来た。

「――音程は狂ってるけど、ちゃんと鳴るわ！」

と、面白がっている。

「君、家まで送るよ」

と、片山が言った。「君の先生に頼まれてるんだ」

「二人きりで？」

と、ユミがいたずらっぽく言って、晴美が笑い出してしまった。

「——片山さん！」

と、声がして、石津が、どこから借りて来たのか、ひどいボロ車でやって来て、窓から顔を出した。

「何だ。どうした？」

「おにぎりを持って来ました！」

車から降りると、石津は、大きな袋を持ち上げて見せた。「ここで食べるのも旨いかと思って」

「火事場で？」

「いいじゃない。面白いわ」

と、ユミは面白がっている。

「じゃ、車の中で——」

と、片山は言いかけて、「まだ誰かいるのか？」

ピアノが、またポロン、ポロンと鳴ったのである。

「まさか……」

「でも、鳴ってるわ」

と、ユミが言った。「死んだあの子の幽霊かしら？」

「よせやい」

と、片山がいやな顔をした。

「見に行こう」

ユミが駆けて行く。みんながあわててついて行った。

奇跡的に、ほとんどそのまま焼け残ったサロンへ入って——みんな足を止めた。

そして笑い出した。

ピアノのキーを押しているのは、ホームズだったのだ。

「びっくりさせないでよ」

と、晴美が笑って、「ホームズ、何か弾ける?」

「ニャー」

「やってみて」

すると、ホームズは、鍵盤の上にのっかり、しばし、不協和音をかなでていたと思うと
——やおら、前肢、後肢を使って、メロディを弾き始めた。

唖然としている片山たちの前で、ホームズが弾いているのは——「猫ふんじゃった」のメロディだったのである。

解説

山前《やままえ》　譲《ゆずる》
（推理小説研究家）

本当にここでいいの？　駅に着いたものの、途方にくれているのは片山義太郎《かたやまよしたろう》と晴美《はるみ》、石津《いしづ》刑事、そしてホームズです。濃い霧に包まれているせいもあってか、駅前は閑散としています。時は十二月末、さすがのホームズも寒がっていたところに、大きなリムジンがやってきました。宿泊するホテルからの迎えでした。

そして着いたのは、闇の中に、さらに黒々と浮かび上がる破風屋根《はふやね》の洋館——〈ホテル金倉《かねくら》〉です。まもなく閉館しますとの挨拶状《あいさつ》に誘われて、人々が集《つど》っていました。そしてホームズたちも、東京で起こった殺人事件に関連して思いがけず招待され、そのホテルに泊まることになったのです。

一夜明け、ようやく目ざめた片山に電話がかかってきます。上司の栗原《くりはら》捜査一課長からでした。十年前にホテルのサロンで、十二歳のオーナーの娘がピアノ演奏中に死んだ事件があったというのです。ピアノのキーの間に、毒を塗った針が仕掛けられていたのでした。今も犯人は分かっていませんが、今回招待されているのは、その時サロンにいた人たち……。

二〇一六年、赤川さんはデビュー四十周年を迎えました。その四十年間に発表された小説のなかで、とりわけ光り輝いているのは三毛猫ホームズのシリーズでしょう。多彩なシリーズ・キャラクターの活躍は赤川作品の大きな特徴で、主なシリーズだけでも十指に余りますが、片山義太郎・晴美の兄妹《きょうだい》に飼われているメス猫のホームズは、絹《きぬ》のような色艶《いろつや》のよい毛並みと人間も及ばない聡明さ（！）によって、とりわけ多くの読者に愛されてきました。

どれだけ愛されてきたかは、二〇一五年刊の『三毛猫ホームズの回り舞台』でシリーズが五十冊に到達したことで明らかです。その数は赤川作品のシリーズのなかで最も多く、本家であるシャーロック・ホームズの作品数を遥《はる》かに上回っています。

シリーズの第一作はあらためて詳しく紹介するまでもなく、『三毛猫ホームズの推理』です。一九七八年四月にカッパ・ノベルスより刊行されたその長編は、赤川氏にとってまだ三冊目の著書でしたが、ベストセラーとなって作家専業への道を拓《ひら》くのでした。そのスタートからして、三毛猫ホームズのシリーズは赤川作品の中心になる運命だったと言えるでしょう。

今回、その三毛猫ホームズのシリーズから、ユニークな六長編が新たな装いで刊行されることになりました。

シリーズ中もっとも（多分？）猫が登場する『三毛猫ホームズの怪談』（一九八〇）を最初に、クラシック音楽の世界を背景にした『三毛猫ホームズの狂死曲《ラプソディー》』（一九八一）、ホームズがなんとヨーロッパを旅している『三毛猫ホームズの登山列車』（一九八七）、大林宣彦《おおばやしのぶひこ》監督による映像化も話題となった本書『三毛猫ホームズの黄昏《たそがれ》ホテル』（一九九〇）、片山義太郎がついに結婚するのかとハラハラ（?）させられる『三毛猫ホームズの心中海岸』（一九九三）、そしてホームズが意外な才能を発揮していた『三毛猫ホームズの正誤表』（一九九五）の六作です。なかなかヴァラエティに富んだラインナップではないでしょうか。

　一九九〇年十一月に刊行されたシリーズ第十九弾となる『三毛猫ホームズの黄昏ホテル』の舞台は、タイトルにあるようにホテル、それも山間《やまあい》に佇《たたず》むこぢんまりとしたホテルです。雪に閉ざされた山荘や絶海の孤島ほどではないにしても、人里から離れているだけに、不特定多数の人間が頻繁《ひんぱん》に出入りするところではありません。一種の隔絶された空間となっていますが、これは恰好《かっこう》のミステリーの舞台とは言えませんか?

　それは人間関係や事件そのものを限定してしまうからです。『三毛猫ホームズの推理』や『三毛猫ホームズの犯罪学講座』（一九九一）は学園が舞台でした。多数の人間が学ぶところですが、やはり事件はその学園ならではのものでしたし、被害者をはじめとして事件関係者はやはり学園ゆかりの人たちでした。オープンに見えても、学園がひとつの閉鎖空間となっていたのです。

　『三毛猫ホームズの騒霊騒動《ポルターガイスト》』（一九八八）の古い屋敷や『三毛猫ホームズの降霊会』（二〇〇五）の門構えのどっしりした屋敷は、侵入することは簡単かもしれませんが、本物の霊が出現したり降霊会が行われたりすると聞けば、いくら大泥棒でもちょっと二の足を踏むでしょう。心理的な閉鎖空間と言えるでしょうか。それはドイツを舞台にした、『三毛猫ホームズの騎士道』（一九八三）の古城や『三毛猫ホームズの幽霊クラブ』（一九八五）の古城ホテルも同じでした。

一方、『三毛猫ホームズの大改装《リニューアル》』（一九九八）のマンションや『三毛猫ホームズの夢紀行』（二〇一二）のオフィスビルは、セキュリティ的な面から見て、現代的な隔絶空間と言えます。ですが、やはりミステリーとしてはあまり怪しい雰囲気がありません。

本作と対をなす作品として特筆されるのは『三毛猫ホームズの仮面劇場』（二〇〇二）です。山の中、湖畔《こはん》にたつロッジ〈霧〉――小ぎれいな造りのまっ白な建物は、元々は華族《かぞく》の別荘で風格がありました。ただ、いささかくすんだその白さが、建物の重ねた歴史を感じさせるのです。そこを訪れるきっかけが、片山の足の骨折というのが、ちょっと情けないのですが……いや、彼の名誉のために補足すれば、それは職務中の怪我でした。

本書の〈ホテル金倉〉も、十年前の未解決事件という歴史を秘めていたのです。さらにオーナー一家や滞在客の人生も――ピアノの音をバックにした彼ら彼女らの曰《いわ》くありげな行動によって、緊張感が高まっていきます。並行して、東京での殺人事件の謎も追及されていきます。そして始まったニューイヤーズ・イヴ・パーティで……。

趣《おもむき》あるホテルで繰り広げられるこの事件は、大林宣彦監督によって映像化されています。テレビ朝日系土曜ワイド劇場の二十周年特別企画として、一九九八年二月二十一日に放映されました。片山義太郎は陣内孝則《じんないたかのり》さん、晴美は宮沢《みやざわ》りえさん、石津刑事は竹内力《たけうちりき》さん、そしてホームズは……残念ながら猫の名前はクレジットされていません。

この作品はもともと劇場用に制作されたものでした。ただ、映画祭での上映以外、劇場公開はされていないようです。そのオリジナル版（テレビ版より九分長い）はDVD化され、そこに大林監督のインタビュー「自作を語る」が収録されていました。それによれば大林版『三毛猫ホームズの黄昏ホテル』のキーワードはラビリンス（迷宮）とのことです。原作にほぼ忠実に映像化されていますが、そこに展開されているのは映像のラビリンスなのです。

大林監督といえば、『ふたり』（一九九一）や『あした』（一九九五　原作は『午前0時の忘れもの』）の映画化が話題となりましたが、じつは『三毛猫ホームズの黄昏ホテル』の前に『三毛猫ホームズの推理』も映像化されています。一九九六年九月二十三日にテレビ朝日系で放映されたもので、片山義太郎はやはり陣内孝則さん、晴美は葉月里緒奈《はづきりおな》さんでした。原作通り、石津刑事は登場しません。ホームズはネネちゃんが演じていました。舞台が函館《はこだて》の女子大になっていたのには驚かされたものですが、やはりこれも約三十分長い劇場版があります。こちらは公開され、ディレクターズ・カットを謳《うた》ってDVD化もされています。

三毛猫ホームズのシリーズは、土曜ワイド劇場や同じテレビ朝日系の火曜ミステリー劇場でも映像化されていますが、記憶に新しいのは日本テレビ系土曜グランド劇場でしょう。二〇一二年四月から六月にかけて、全十一回が放映されました。片山義太郎は相葉雅紀《あいばまさき》さんでしたが、兄がいたりホームズが人間に変身したりと、大胆な設定が話題となりました。

話題になったといえばホームズ、いえ、正確に言えばホームズ役のシュシュちゃんです。可愛らしいのはもちろんのこと、その抜群の演技力が注目を集めたのです。シュシュに見つめられると、どんな悪党でも自白してしまいそうでした。テーマソングが作られ、ついには『シュシュの女優日記』と題した写真集まで！　ちなみに、シュシュは日本猫の三毛猫ではなく、スコティッシュフォールドの三毛猫とのことです。

作中のホームズに怒られそうなので、シュシュのことについてはこのくらいにしておきますが、もちろんこの『三毛猫ホームズの黄昏ホテル』でも、ホームズの推理力がいつも以上に発揮されていることは特筆しておきましょう。そして最後に思わぬ特技を見せてくれるのです。これにはビックリ！

デビュー四十周年の二〇一六年、赤川さんは『東京零年』で第五十回吉川英治《よしかわえいじ》文学賞を受賞し、まさにエポックメイキングな年となりました。そして三月には久々に映画『セーラー服と機関銃―卒業―』が公開されています。赤川作品の映像化でも、四十周年を機に新たな展開が見られるかもしれません。

一九九〇年十一月　カッパ・ノベルス（光文社）刊
一九九三年十二月　光文社文庫

光文社文庫

長編推理小説
三毛猫《みけねこ》ホームズの黄昏《たそがれ》ホテル　新装版
著者　赤《あか》　川《がわ》　次《じ》　郎《ろう》

2016年11月20日　初版1刷発行

発行者　鈴　木　広　和
印　刷　堀　内　印　刷
製　本　榎　本　製　本

発行所　株式会社　光　文　社
〒112-8011　東京都文京区音羽1-16-6
電話　(03)5395-8149　編　集　部
8116　書籍販売部
8125　業　務　部

ISBN978-4-334-77384-7　Printed in Japan

組版　萩原印刷

赤川次郎ファン・クラブ

三毛猫ホームズと仲間たち

入会のご案内

会員特典

★会誌「三毛猫ホームズの事件簿」（年４回発行）
会誌の内容は、会員だけが読めるショートショート（肉筆原稿を掲載）、赤川先生の近況報告、先生への質問コーナーなど盛りだくさん。

★ファンの集いを開催
毎年夏、ファンの集いを開催。賞品が当たるクイズ・コーナー、サイン会など、先生と直接お話しできる数少ない機会です。

★「赤川次郎全作品リスト」
500冊を超える著作を検索できる目録を毎年５月に更新。ファン必携のリストです。

ご入会希望の方は、必ず封書で、〒、住所、氏名を明記の上、82円切手１枚を同封し、下記までお送りください。（個人情報は、規定により本来の目的以外に使用せず大切に扱わせていただきます）

〒112-8011
東京都文京区音羽 1−16−6
(株)光文社　文庫編集部内
「赤川次郎Ｆ・Ｃに入りたい」係

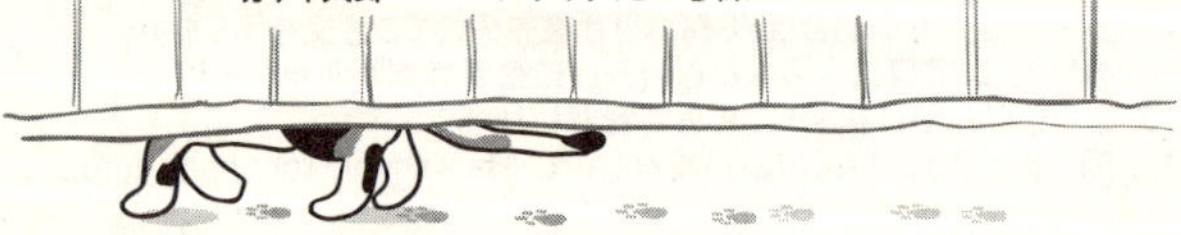